青春啊，文艺1990

QINGCHUN'A,
WENYI 1990

邓云球——

著

陕西新华出版

太白文艺出版社·西安

图书在版编目（CIP）数据

青春啊，文艺 1990 / 邓云球著 . -- 西安：太白文艺出版社，
2025.1. -- ISBN 978-7-5513-2833-3

Ⅰ. Ⅰ267.1

中国国家版本馆 CIP 数据核字第 2024AX2707 号

青春啊，文艺 1990

QINGCHUN'A，WENYI 1990

作　　者	邓云球	
责任编辑	张　笛	
封面设计	闫江文化	
出版发行	太白文艺出版社	
经　　销	新华书店	
印　　刷	长沙超悦印刷有限公司	
开　　本	880 mm×1230 mm　1/32	
字　　数	133 千字	
印　　张	7	
版　　次	2025 年 1 月第 1 版	
印　　次	2025 年 1 月第 1 次印刷	
书　　号	ISBN 978-7-5513-2833-3	
定　　价	56.00 元	

如有印装质量问题，可寄出版社印制部调换

联系电话：029-81206800

出版社地址：西安市曲江新区登高路 1388 号（邮编：710061）

编辑部电话：029-81205120

致敬九十年代

（序言）

2024 年 1 月，"《新白娘子传奇》主创 30 年大聚首"
活动在南京成功举办，演员及歌手联袂登台，把观众
思绪带回到了 20 世纪 90 年代；《声生不息》舞台上，
已是白发苍苍的老牌歌手再次回到观众视野，回归港
乐，致敬经典……如此种种，另类的"文艺复兴"时
代已然来临。

转眼间，已是 21 世纪 20 年代了。伴随"文艺复兴"
的种种视觉冲击，翻看那些自己很多年前发表在各大
报刊的有关文艺和视听的文字，每每内心荡起涟漪。

20 世纪 90 年代注定是个无法复制的年代，创造了
太多的大众文化奇迹。听流行音乐，看演唱会，去电影
院窗口买票看电影，一家人在家里围坐追看港台电视剧
集，按时收听电台广播，街头买报刊看小人书……这些
属于过往的文艺生活，如今还是历历在目。

那个年代，也属于青春的我们。

那个时候，我们还是学生，最多，也不过刚刚参加工作。年轻，是我们的标志。那些属于青春的文艺生活和视听记忆，对于年轻的我们来说是那么有滋有味。因为，那是属于我们青春生活的一部分，甚至是重要内容，是美好的回忆。

一颗纯朴的心，一种对美好抑或梦想生活的向往，一个拮据的钱包，构成了这种文艺生活的全部。

按照惯常的说法，现在，怀旧成为一种时尚。那些多年前乃至儿时的物事，那些属于孩提时、青春时的小吃，那些老街，那些老歌……都成为可以轻松勾起我们记忆的东西，让我们久久不能释怀。

过去多么美好，而时间又过得那么快。你看，那些事物就好像是在昨天。

这些曾经的记忆，是那么亲切，是那么温情，让我们的青春生活充满了乐趣。

特别是那些发表过的文字，甚至会让我感觉惊喜：原来还有这么一回事！当时我是这么想的吗？

所以，要感谢这些过往的文字，让我再次找到了青春的感觉，纯朴而自然，也每每从中找到了许多几乎已经忘却的记忆，这些记忆，属于时代，属于自己，同时，也属于身边的人们。

而这些文字，用追忆的眼光来看，有的，充满了年轻时特有的青涩或激愤；有的，被后来发生的事情所印证抑或被推翻；

有的，则在新的时代有了不同的表现。所有这些，都是那么值得回味，值得我们用心去感受。

把这些文字再串联起来，用当下的眼光去看，又别有一番风味。它们于 20 世纪末至 21 世纪初的十余年间散见于各大媒体。

这些媒体，遍布全国，有的在北京，有的在江苏，有的在湖南，也就是自己的家乡，而更多的在广东。因为广东不仅是当时全国最前沿的岭南音乐的发源地，也是能捕捉到港台地区最新资讯的地方，引领了潮流。

而北京，则保持着她在文艺生活方面一贯的大气与正统。

报摊是最好的证明。对于当时的年轻人，特别是学生们来说，按年度订购一份报纸是不太可能的，因为一下子要出那么多钱，出不起。而且，学校里或家里不可能有你单独的信报箱，何况是这种文艺生活的报刊。所以，他们更多的是去报摊买报纸。而报摊上只有那些销量好的，摆在最显眼地方的，才是真正能在人群中产生极大影响力的报刊。

从南方到北方的先驱媒体，无疑就是这样在报摊上大行其道的报刊。哪份报刊最受欢迎，报摊摊主最有发言权，心里也最有数。而这些报摊，散布在主要街道的十字街头，那里人来人往，让你一眼就能看到。

扎根本土，辐射全国——我曾为时代文艺奉献自己的青春。

回望过去，品味今天，怀旧时代似乎也在催我写些应景文章。

把那些属于过去充满激情的文字串联起来，用今天最感怀的心情和言语去再次勾勒。这，就是怀旧。

这不仅是属于我个人的怀旧，更是属于七〇后、八〇后的怀旧，是属于我们那一代人的青春往事。

也许，过往的那些文字能触发你的某种回忆；或许，今天的全新诠释也能引起你的某种共鸣。

这是一种特别值得珍藏的精神邂逅。

目 录

▶ **银屏观澜篇**　_099

青春啊，文艺 1990

音乐之声篇

2022年4月1日，这个日子不仅是愚人节，也是一个因"哥哥"而特殊的日子。"热·情"演唱会的超清修复版在大陆各大音乐平台播出，刷爆了朋友圈。继此，掀起了一股港台老牌歌手纷纷开演唱会的热潮，受欢迎程度不减当年。

　　而在内地，正是清明时节，中央电视台音乐频道播出了一个特别节目，纪念不久前去世的三位音乐人士，他们分别是钢琴指挥家、歌唱家和作曲家。年长的音乐人慢慢老去，他们创作的音乐与歌声，曾伴随多少人的青春岁月，留下了无尽的欢乐与哀愁。

　　流行歌曲是传播影视文化、影响文艺潮流的重要纽带。海峡两岸，频频吹送着音乐之风，传播着中华音乐文化。

推读 1

港乐进军国语歌坛

1993 年对于整个东南亚歌坛来讲，是不平凡的一年。国语歌曲犹如一匹脱缰的野马，又如一条狂涌的河流，冲击着歌坛。

在这股国语歌曲热潮中，港乐更是为国语歌曲市场增添了光彩。港乐为什么要在 1993 年全力进军国语歌曲市场？进军热潮的状况如何？它给我们带来了什么样的启示？不如让我们来细品个中滋味。

1992 热浪推向 1993

1993 歌坛是 1992 歌坛的后续，1992 歌坛态势无疑提示了 1993 歌坛发展的方向。要分析 1993 年港星进军国语歌坛市场的热潮，就必须先来看看1992年香港歌坛大唱国语歌曲的战绩。

1992年亚洲华语唱片销量榜的前二十名中，三名香港歌手皆占有一席之地。

1993年年初，国语歌曲《潇洒走一回》入选香港十大中文金曲奖、中文金曲最优秀国语歌曲大奖、叱咤乐坛流行榜全国专业推介大奖金奖、最受欢迎国语歌曲金奖、劲歌金曲最佳编曲奖、最佳作曲奖。1993年年初，国语歌曲《对你爱不完》获得香港劲歌金曲"最受欢迎国语歌曲"银奖、"劲爆家族音乐大赏"最佳歌曲奖。

这表明，1992年香港歌坛大唱国语歌曲，不仅巩固了国语歌曲在香港歌坛的地位，也保证了香港歌手在整个东南亚市场不受冷落。香港歌手尝到了甜头，1993年，更以百倍的热情与信心进军国语歌坛。

孰高孰低

1993年率先全力进军台湾歌坛的最新国语大碟《把所有的爱都留给你》中有很多歌是前一年的粤语大碟《第四晚心情》的国语版，其目的是迎合台湾歌迷的口味。

专辑的同名主打歌《把所有的爱都留给你》，是两位台湾知名的音乐创作者的作品。二三月间，这首歌很快登上台湾、新加坡、马来西亚的流行歌曲排行榜，名次及上榜时间都很不错。一曲《爱你》在台湾流行歌榜上从 1992 年一直保持到 1993 年。这首《把所有的爱都留给你》正好与之衔接，保持了长盛不衰的势头。

香港歌手主唱的全运会主题歌《美丽的梦想》，歌曲的 MV（音乐视频）被拍摄完毕后，已在中央电视台《东方时空》栏目中播出。演唱者因这份难得的荣耀感到激动万分，表示一定要用青春动感、活力四射的歌声唱出中国人共同的荣耀和希望。

3 月，香港歌手的国语专辑《真情难收》在台湾正式发行，新唱片中收录了《无心人》《伤心》《漂流》及《假装》的国语版《一辈子的错》《我怎么舍得你难过》的国语版《情歌》。歌者还根据公司老板的意见，自己填词，唱片发行前，表示对这张专辑"比较有信心"。

果然，唱片《真情难收》很快登上华视"台湾金曲排行榜"，并长时间占据冠军宝座；另一首专辑曲目《一辈子的错》也进入台湾"知音时间"排行榜，位居前列。

"宝丽金"制作的最新专辑《吻别》没有辜负歌迷的热望，保持了以往的高水准的制作，非常耐听。专辑中有少数歌是热门粤语歌的翻唱，像《每天爱你多一些》《还是觉得你最好》《壮志骄阳》等，号召力自然有保证；而新创作的主打歌《吻别》也一炮而红，与另一首《情网》一同登上东南亚的流行歌曲排行榜。为了庆祝《吻别》在台发行六十万张，唱片公司还专门举行了"谁与争锋"庆贺会。

《吻别》专辑的一个重要意义在于，它是在海峡两岸和香港同期发行的，让盗版带无机可乘，保护了音乐家的合法权益不受侵害。大陆各音像商店里飘出的"我和你吻别，在无人的街"乃是原版正宗的美妙歌声。

毫不示弱

香港歌手在台湾推出并受到欢迎的国语专辑《尽在不言中》，歌迷普遍反映歌手的唱腔有所改变，音域也高了许多。这次是在六十首歌里面挑出十首歌进行录制。公司起初对这张专辑的前景有些紧张，但演唱者本人较轻松。

香港歌手在国语最新专辑《像雾像雨又像风》的主打歌《慢慢地陪你走》中，与出道不久但潜质颇佳的新秀对唱，结果是"一帮一，一对红"，取得了事半功倍的效果。

1993年最引人注目的是国语歌《当爱已成往事》，这是荣获第46届戛纳国际电影节金棕榈奖的新片《霸王别姬》的主题曲。《霸王别姬》以其特别的故事情节及演员阵容引人注目。这部电影未放映之前，《当爱已成往事》已为歌迷所喜爱，两者间可谓互有裨益。

歌者在完成她的"都市触觉"系列后，曲风更趋于复古，用她那"能呼唤出生命"的声音来表现这个凄美悲凉的主题是再合适不过了。

当这一份无奈的爱与恨随风而逝的时候，怎不叫人掬一把同情之泪呢？

1993年进军国语歌曲市场的，不仅仅有歌星，还有影星。率先打入台湾流行歌曲排行榜的单曲《向着阳光走》，这一"走"便开始在台湾大热。此外，在台湾推出的93国语专辑《一天一点爱恋》及其MV，都获得好的收效；93最新国语大碟《永远是你》，温馨的名字让歌迷有一种别后重逢的亲切感。

热潮探源

今年的港星进军国语歌曲市场热潮更甚去年，一浪高过一浪的热潮源自何处呢？

其一，经过相当长一段时间的鼎盛状态后，粤语歌曲热已开始降温；相反，国语歌曲以其通俗易懂、善于表达现代人内心感受的歌词及优美而朗朗上口的旋律，日益引起人们的喜爱。台湾歌坛力推一大批偶像国语歌手，使国语歌曲更加深入人心。

其二，香港毕竟地方不大，歌坛商业味道浓厚，歌星们竞相拓展自己的"势力范围"，且不论东南亚，单是内地市场就够他们"大干一番"了。

其三，正如1993年年初香港"十大劲歌金曲"颁奖典礼上主持人用普通话所说："1997就快到了，让我们的普通话和英语说得一样好。"这一番话，虽然是半开玩笑，但也是在认真地告诉香港歌手：国语要常说，国语歌曲要常唱。

1993年香港歌坛进军国语歌曲市场，这股热潮还将继续向前翻滚。

（原载广东《香港风情》杂志1993年第10期）

话题 A

香港的"文娱炮弹"

香港虽然地域狭小，却发射出了一颗颗高能量的"文娱炮弹"。

从香港歌手登上中央电视台春节联欢晚会开始，流行音乐乐坛香江潮起，一浪接一浪，冲击内地人的视野，刺激年轻人的耳朵。

那已经是 20 世纪 80 年代中期的事情了，至今已有四十年了。

香港歌手最初登上中央电视台春节联欢晚会，唱的是什么歌？一言以蔽之——国语歌。

而近十年后的 1993 年，发表在《香港风情》杂志上的《港乐进军国语歌坛》评论道：经过多年的粤语歌浪潮后，对内地而言，国语歌曲再次回归流行音乐主流。

当时的香港，已有男歌手专辑《风继续吹》《MONICA》，男歌手专辑《雾之恋》《爱的根源》《爱情陷阱》，以及女歌手专辑《心债》《似水流年》等广受欢迎的粤语专辑推出，竞争时代逐渐开启。此时，粤语歌已经风起云涌。

粤语歌《风继续吹》传唱至今，收录于同名专辑《风继续吹》中，是在大陆公映的电影《纵横四海》的主题曲，为大陆观众所熟知。歌词中"我劝你早点归去，你说你不想归去，只叫我抱着你"，写的是情侣相处的片段。而"悠悠海风轻轻吹，冷却了野火堆"，写的则是海边燃起篝火时的景致。优美的音乐，婉约的风格，深情的演唱，共同构成了一种对情感的美好体验。

这首歌原曲来自日本，泛着淡淡的忧伤，而粤语版的《风继续吹》，则更注重感情表达，歌者用深情款款、全情投入的演绎，令人仿佛置身于海边，有位情人就在身边。这是粤语歌的传承，更是粤语歌的创新。

与《风继续吹》及当时其他很多专辑不一样，粤语歌专辑《雾之恋》中的歌曲以原创为主，1984 年获得香港唱片销量总冠军。

专辑《雾之恋》里的歌曲极为悦耳，曲风不失清新但兼有本地风格，有别于《爱的根源》和《爱的陷阱》的商业味道。一些歌曲的歌词也颇为出彩，如伤心失意的《爱的替身》，甜蜜温馨的《爱是这样甜》，气势高昂的《创造命运》。其中的经典金曲《幻影》，作为电影《阴阳错》的主题曲，是一首重新编曲的歌，以无伴奏的清唱形式起始："怎去开始解释这段情。"随着钢琴声渐起，在错落有致的起伏中，歌曲自然地过渡到高潮部分："幻象似的爱情，埋藏我心深处。"整首歌既充满深情，又不失激情，颇有荡气回肠的韵味，此后成为演唱会的必唱歌曲。

"重重心中痴债，原是欠下你一世，无限无尽爱在我心底。悠悠心中痴意，源源不绝抚慰，只望可补偿一切。"1982年，作为词曲高手联袂为歌坛新人打造的新歌，同名专辑主打歌《心债》刚推出，就登上了第四十三周香港电台中文金曲榜的榜首。

"望着海一片，满怀倦，无泪也无言。望着天一片，只感到情怀乱。我的心又似小木船，远景不见，但仍向着前。"这首《似水流年》是为同名电影创作的主题曲，歌曲很好地体现了影片女主角"似水流年"的人生感叹，十分贴切地体现了影片的题旨。这首歌采用了一种徐缓抒情的咏叹调，歌词中带着一种淡淡的伤感，充满了人世沧桑的味道，歌者用自己独特的视角，将自己变成一个在回顾人生的"过来人"。

电影《似水流年》邀请了日本作曲人为电影配乐。主题曲词作者为了写好歌词，甚至将电影观看了六遍，最终被电影结尾时的画面所感动，笔锋一转，开始写女主角对整段旅程中发生的种种事情的感慨。1984年，《似水流年》获得第七届"十大中文金曲奖"、第二届十大劲歌金曲奖，收录于1985年1月27日发行的同名专辑《似水流年》。

行文至此，不能不提到一个重要赛事，那就是由香港无线电视公司及华星唱片公司合作举办的香港新秀歌唱大赛。正是这个赛事，选拔出了后来成为当时香港歌坛巨星的男女歌手。

第一届香港新秀歌唱大赛于1982年举办，当时只接受香港参赛者参赛，为香港乐坛发掘出不少人才，得奖者可拿到当时有名的华星唱片公司的合约。第一届香港新秀歌唱大赛就孵化出香港歌坛天后级人物。此后，每届比赛都会产生一些当时歌坛的成名歌手。

可见，香港新秀歌唱大赛成功地将歌手、媒体、唱片公司"绑定"在一起，有力助推了一个前所未有的金曲时代的到来，且持久不衰。

香港新秀歌唱大赛于2005年起改由无线电视旗下另一频道TVB8举办后，改称"TVB8全球华人新秀歌唱大赛"。

相比香港歌坛硝烟弥漫的商业氛围，在那个时代，上央视春晚的香港歌手则代表了民族的声音。

例如，《我的中国心》《我的祖国》及其他几首人们耳熟能详的歌曲，都符合当时春晚的主旋律。

"河山只在我梦萦，祖国已多年未亲近，可是不管怎样也改变不了，我的中国心。"——这首由香港词曲作者原创的爱国歌曲《我的中国心》，在1984年中央电视台春节联欢晚会上精彩呈现。同年，获得中国音乐协会歌曲编辑部颁发的第三届神钟奖。

20世纪80年代思想刚刚解放，这首歌不仅让内地观众看到了一个不一样的香港，更唱出了华夏儿女对伟大祖国的挚爱深情。

《我的中国心》巧妙地运用了"长江长城，黄山黄河"这样具有象征意义的祖国名胜来表达爱国之情，虽是以香港同胞的直抒胸臆切入，但以壮阔的场景结合情感表达，很快征服了全国电视观众，一炮而红。

然而，这个时候的香港粤语歌风潮还没有吹到内地。

所以，算一算，从粤语歌在香港进入一个新的时代并逐渐在内地流行起来，到香港歌手开始进军国语歌坛，经历了有七八年的时间。

那个时候我最早听到的香港歌手粤语歌带，是一些朋友从广州带过来的，其实也是不那么正宗的磁带。广州，正是香港粤语歌曲在内地传播的前沿阵地。

而香港歌手在央视春晚或其他大型演出中的表演，都是以国语歌形式呈现的。如《心恋》和《明月千里寄相思》，又如1999年的《床前明月光》，而呈现出来的效果则截然不同。《心恋》和《明月千里寄相思》，展现了精彩的国语歌风范，这与选歌恰当很有关系，也与歌手的舞台形象塑造有很大关系。两首歌的节奏，一明快，一怅惘，形成了很好的晚会独唱歌曲组合。

　　"我想偷偷望呀望一望他，假装欣赏欣赏一瓶花，只能偷偷看呀看一看他，就好像要浏览一幅画。"《心恋》和《明月千里寄相思》，作为女中音翻唱的国语老歌，收录在专辑《别亦难》当中。

　　女中音总是能制造一种温柔伤感，适合所有越来越抗拒激烈的人们，这是一种稀少的音色，可轻易接近灵魂。低沉、浑厚、委婉妩媚而动人心弦的女中音确是珍品，能抚慰听者的心灵，让人痴迷和向往。

　　女中音具有特殊的音质和音色，音域宽广，音色深厚有力，纯净柔美而富有变化，尤其中声区低沉而饱满的低音近似女低音，富有色彩变化的高音又近似一般女高音。好听的女中音会让人慢慢上瘾，让人深陷其中并且无法自拔。

　　《床前明月光》则大不相同，选歌明显是失误的，或者说是对整个央视春晚风格的把握不准，梦幻似的音乐不太符合央视春晚的格调，至于传说中的现场音响出问题之类的其他因素，其实并不是主要的。

　　如果换成同一歌手的《亲密爱人》，或者换成《女人花》这些同样是歌者主打的国语歌，情况也许就大不一样。但比起《心恋》和《明月千里寄相思》这种台湾小调类型歌曲来说，也没有什么优势。

　　但是，其实也没什么可比性。央视春晚也绝不是为某位歌手的一两次登场而专门设立的。对于每个歌手来说，在这里，也许就是各有千秋。

所以对于《床前明月光》来说，意义就是我来了，我唱了，仅此而已。毕竟作为央视春晚来说，从某种意义上讲，应景的意义甚于其他。

央视春晚，从港台歌手融入这个角度来看，大约可以分为三个阶段：一是港台歌手初步尝试在春晚亮相，且大多数取得良好的收视和传播效果；二是大多数港台歌手在春晚演唱歌曲不再引起很大关注，同时所演唱歌曲也不能产生很好的传播效果；三是不再特别重视港台歌手在春晚上的亮相，春晚的焦点转换为内地的歌手和歌曲。

这和港台歌曲传唱程度的潮起潮落，在时间上也基本上是一致的。所有的歌曲传唱、歌手走红、影视热度、媒体热潮等等，都是相互映衬的，不可能单独存在。演艺时代作为一个独特的时代，绝不是单独的某个文艺现象能促成的。

话题再回到"港乐进军国语歌坛"这一波浪潮。

永恒的才是经典。现在看来，哪些歌曲是永恒的、是经典的，其实一目了然。

首先，应该是《吻别》吧。《吻别》是这场"港乐进军国语歌坛"的最大赢家。

其次，《潇洒走一回》《一天一点爱恋》，这些都还是人们今天在 KTV 常常点唱的国语歌曲。

《潇洒走一回》是 1991 年同名专辑的主打歌曲，作为国语歌曲，这首歌于 1992 年获当年十大中文金曲奖，传唱至今。这虽然是一首节奏偏快的歌曲，却在现代化的韵律中融入了中国古典音乐元素，从而有了一种古风的效果，在当时流行乐坛一片西洋化的环境下，以独特的民族风格吸引了人们的耳朵。

而这种复古的音乐模式，在两年后由台湾音乐人以一首《新鸳鸯蝴蝶梦》和一种叫作"新古典主义"的风格，渐渐使之成为华语流行音乐的一种主流技法风格。

"天地悠悠，过客匆匆，潮起又潮落。恩恩怨怨，生死白头，几人能看透？红尘啊滚滚，痴痴啊情深，聚散终有时，留一半清醒留一半醉，至少梦里有你追随。"《潇洒走一回》的歌词无疑写的是情。但在中国人的潜意识里，潇洒走一回其实也等同于今朝有酒今朝醉的意味，折射出中国人在佛、儒、道三教合一的传统熏染下，所慢慢形成的一种民族共融共通的人生哲学。

相比《潇洒走一回》，《一天一点爱恋》这张 1993 年发行的专辑，是作为非专业歌手的电影演员的演唱专辑，共收录了十首歌曲。专辑由著名音乐人担任监制，1993 年获第十六届十大中文金曲最佳唱片监制奖。

"一天一点爱恋，一夜一点思念，我们不再相信谎言，不再需要蜜语甜言。一天一点爱恋，一夜一点思念，给我一句真的誓言，让我可以期待永远。"这张专辑里的两首歌《一天一点爱恋》和《你是如此难以忘记》有一种甜蜜的感觉，当你将这张专辑放入 CD 机后，你不用跳歌，一下子就可以把整张唱片听完。这种感觉当然是相当棒的。

时间就是大浪淘沙，可以淘汰一些，也可以证明一些。

三十年前，写下那些文字，三十年后再回望这些文字，不仅可以估量当时评价的质量，更能看清一些当时还看不清的东西。

时间就是最好的证明。

其实，对于国语歌曲而言，歌曲流行程度和传唱程度，很大程度上取决于歌曲的旋律和歌词。旋律大众化的，歌词更能触动人的，更容易传唱，更能成为永恒经典。毕竟，流行音乐本身就是属于大众的，是属于市场的，是需要时间验证的。

当年的很多歌，之所以未能传唱至今，可能是因为没有表达大多数人的心境，相对来说就更难传唱，更难流传。

KTV 作为最主要的歌曲传唱场所，在今天，它更多地成为人们用来发泄情绪的地方。所以，或感伤，或愤怒，流行歌曲得找准人们需要发泄的那个点。找对了，就容易传唱了，点唱率就上去了，时间就会给你最大的恩惠。

不是吗？有时候，你不就是《吻别》中的那个人物吗？"我和你吻别，在无人的街"，不也是你经历过的场景和情境吗？

这就是情感共鸣，为现代人脆弱的心灵拂去点点忧伤。

尽管如此，资源还是香港歌坛粤语歌潮带来的，是粤语歌潮的一种转换形式，是一种适应更广泛受众的音乐制造。这是一种对粤语歌潮最好的继承和再创造，很好地利用了粤语歌潮的原班人马，包括歌手、词曲作者、唱片公司甚至各种传媒，来打造属于香港乐坛的国语歌潮。

而说到传媒，不能不说到当时香港歌坛最有影响力的十大中文金曲和十大劲歌金曲年度颁奖礼，这两个奖项分别由电台和电视台举办，成为香港歌坛制造流行趋势的重要推手。

香港十大中文金曲评选自 1978 年起举行，由香港唯一的官方电台"香港电台"主办，香港作曲家及作词家协会、国际唱片协会香港会、香港唱片商会协办。20 世纪 70 年代后期至 80 年代是香港流行音乐从无到有、从小到大的时期，香港流行音乐及其所形成的商业运作体系、包装制度在整个粤语流行音乐和国语流行音乐中都起到了极其重要的作用。

香港十大中文金曲评选活动一直坚持以鼓励、推动本地中文流行音乐为原则，通过此活动产生了一大批流传极广的音乐作品，并挖掘了一大批新人。每年十大中文金曲都会引起广泛的关注，其公正性、客观性已得到圈内外的普遍认可，逐渐具有真正的领导乐坛的地位。

香港十大劲歌金曲颁奖典礼，则由香港电视广播有限公司主办，始于 1984 年 1 月，翡翠电视台每年会现场直播。十大劲歌金曲颁奖典礼设立最受欢迎男女歌手奖，其得主往往会成为全场注目的焦点，被视为香港乐坛的天王和天后。

十大劲歌金曲除"十大"外，同时颁发劲歌金曲金奖，该奖项为压轴大奖，代表着单项歌曲的最高荣誉，是综合评定后颁发的全年最高奖项。劲歌金曲金奖，除了要求歌曲本身在全年具有很高的受欢迎程度外，还对作曲作词以及歌手的唱功有较高要求，因此它更能显示一名歌手的实力。

十大中文金曲权威性无疑更甚于十大劲歌金曲，但因为十大劲歌金曲是电视台举办的，借助传媒影像，实际上当时在内地影响力更甚于十大中文金曲。20 世纪八九十年代，很多内地电视台播出的香港流行歌曲的影像资料，其实都来自十大劲歌金曲颁奖典礼。而两个"十大"的获奖歌曲往往大同小异，但也相互辉映。

所谓年度颁奖，就是一浪推一浪，后浪推起前浪。两个"十大"，在造星方面的巨大能量，绝不亚于央视春晚。特别是在 20 世纪八九十年代，内地有春晚，香港有"十大"，相得益彰，共同奏响了属于国语歌曲最辉煌的时代华章。

"打开记忆的源头，在这午夜时候，让感觉变得灵活，心情转为低柔。"其实你看，同为国语歌的《在我心深处》，有着和《吻别》一样的曲风，婉转缠绵，也一样耐听。只是在传唱方面，因年代不同，媒介不同，环境不同，造成了歌曲的不同际遇。

所以说，《吻别》的流行，并不是一朝之功。国语歌曲的流行，也并非一蹴而就。

时至今日，除了极少数爱唱某些特定歌手粤语歌的人群，在各种场合传唱的属于香港歌坛的歌曲，大多数还是国语歌。

所以我们看到，一方面，香港歌手到内地央视春晚演唱国语歌；另一方面，香港歌坛在唱粤语歌的同时也传唱国语歌。两者相互作用，共同推动了整个国语歌潮在大陆的广泛传播。

一时流行的歌曲可以通过包装而暂领风骚，但永恒的经典却需要时间来证明。在风起云涌的国语歌潮中，可以看到，有的歌只是一时受欢迎，而有的歌却能在今天看来仍属精品。

其实在这个过程中，国语歌潮并不是独立于粤语歌潮而存在的，很多国语歌都有它的粤语版本，或者本来就是为适应大陆和台湾市场而推出的。

最经典的，譬如《千千阙歌》《夕阳之歌》和《风中的承诺》，同一旋律三个版本，曲曲经典，在曲少歌多的年代，这是一个很成功的范例。

"来日纵使千千阙歌，飘于远方我路上；来日纵使千千晚星，亮过今晚月亮。都比不起这宵美丽，亦绝不可使我更欣赏。"《千千阙歌》选用日本歌曲，由香港词作者重新填词，收录在 1989 年 7 月发行的个人音乐专辑《永远是你的朋友》中。

《千千阙歌》这首歌是讲述临别在即，一切要讲的话也不知从哪里开始说起，唯有凭歌寄意，把几年以来所思所想表达出来。该专辑制作之精良，在流行乐坛实属少有，也使得歌者的演唱事业达到巅峰。

据说，1989年夏天，香港到处都是新唱片《永远是你的朋友》的海报，大街小巷到处飘扬着动人的歌声："来日纵使千千阙歌，飘于远方我路上……"

而《夕阳之歌》作为最初的翻唱版，走了一条比较稳妥的路子，即在很大程度上保留了原歌的风格，比如歌名、旋律、要表达的思想感情。但《夕阳之歌》歌词比原作写得更具有诗意。

"斜阳无限，无奈只一息间灿烂"，以夕阳起兴，切入主题，但瞬间即来了一个大转弯——"无奈只一息间灿烂"，奠定了这首歌苍凉的基调。紧接着第二句"随云霞渐散，逝去的光彩不复还"，还是运用比兴的手法感慨光辉不再、世事无常。可以看到，作为流行歌曲的《夕阳之歌》，歌词写得极具艺术性，其实，很大程度上是歌者自身的真实写照。

《千千阙歌》的诞生给听众造成了一种错觉：和《夕阳之歌》是同一首歌。然而，《风中的承诺》因为是国语版，所以让人不那么容易将之与前两者画上等号。这首歌同样流行，但流行程度显然要低于前两者。

曲少歌多的现象完全是一个市场化竞争的结果。当然，很多曲调都是舶来品，其中很多来自日本的原创曲目。

再如《容易受伤的女人》，有粤语版，也有同名国语版。

这也是粤语歌曲国语化的一种表现形式。

所以在那个年代，大家都是"八仙过海，各显神通"，与其说是想在国语歌坛分一杯羹，倒不如说是寻求新的发展空间。

天下没有不散的筵席，人间却有永恒的金曲。

今天，当你开着你的车行驶在道路上，可以打开汽车音响，随时重温这些金曲，重温这些曾经流行的音乐。

这些音乐，不仅是耳朵可以听到的旋律，也是足以撞击心灵之弦的无形力量。它们可以穿越时空，在落寞时给你陪伴，在失落时给你慰藉，在奋斗时给你力量。

而人们为什么需要音乐的力量？也许是因为我们的心灵本身就是脆弱的吧。

而那些香港歌坛的金曲，能够在今天仍然为大家津津乐道，仍然为形形色色的人们所传唱，就是因为音乐触动了人的灵魂。

这些歌，都在人们的心灵深处藏着。

在这个人情味不如以往那么浓厚的时代，在这个人的内心极易变得脆弱的年代，人们是多么需要这些精神食粮啊！

这就是为什么，在所有的文娱形态里面，影响人们极为广泛、极为深刻的是流行音乐。她是大众化的，受众不仅仅限于某个群体；她又是简单化的，不需要去深度理解；她更是直接化的，随时随地都可以聆听。这是一个奇妙的世界。

当然，说到流行歌坛，不能不说演唱会，演唱现场是最能展现歌者风采、进行听唱互动的地方，是明星包装效果集中展示的地方。

在流行音乐世界里，不能不说到两个特别的字眼：包装。我们也许都听过一个古代成语故事，叫作"买椟还珠"。"珠"值多少钱？"椟"又值多少钱？可是买家只要"椟"不要"珠"，可见"椟"的重要性和特殊价值。

"椟"，就是咱们今天说的包装，不是对商品的包装，而是对歌坛里的人的包装。

流行音乐完全是商业化的。商业化的核心，就是包装。包装不是香港歌坛的专属，但是香港歌坛把包装运用到了极致。甚至还有再包装，这种再包装，赋予了包装新的内涵，也赋予了歌手新的生命力。

如果没有包装，明星也是路人。

演唱会，让大家看到了音乐专辑中的演唱者，让大家看到了他们的真性情，这让歌者的形象更加个性化，也能产生更多附加值。我当年采写的一篇现场报道，完全用现场描述的方法，将香港歌手的长沙演唱会呈现出来，不仅在《舞台与银幕》刊登，还在《羊城晚报·港澳海外版》刊登。

包装乃至再包装，确有买椟还珠之效啊！

包装的效果总是在活生生地影响着你我，感动着你我。

演唱会，是香港歌手在内地"捞金"的一种手段，人山人海的感觉，现场声浪的冲击，台上台下的互动，那种感受确实是与非现场听音乐截然不同。

当时，我家就住在举办演唱会的贺龙体育场附近。每逢开演唱会，贺龙体育场附近就会进行交通管制。每到演唱会即将开始的黄昏时刻，这里就会有拿着荧光棒的年轻人开始聚集等候入场。

贺龙体育场是长沙最大的体育场，是露天的，所以演唱会常常会受到天气影响。但是，这里场地大，所以为了容纳更多的观众，往往会选择在这里举办演唱会。而贺龙体育馆，是贺龙体育场旁的室内场馆，可以容纳的观众相对较少一点，但演出不会受天气影响，所以，有的不是那么火爆的演唱会，会选择在贺龙体育馆举办。

而今天，很多歌手的长沙演唱会则多选择在国际会展中心举办。

推读 2

重品《搭错车》

值得珍藏的是经典的，比如经过岁月洗礼的老歌。而有收藏价值的老歌则不能来自七零八落的所谓"精选集"。

在现时的市面，竟然有十多年前的音带，这对于彼时未能收藏的人而言，实在是一个福音。这一日笔者在新华书店音像城购得的《台湾电影〈搭错车〉主题曲、音乐》，就是中唱广州分公司在十五年前，即 1985 年出版发行的。它总共只收录六首歌曲，其他则是电影配乐。

当隆隆的列车奔驰声由远及近，一种凄凉悲怆的意境渐渐袭来，听者便进入了《酒干倘卖无》所营造的精神世界。从《一样的月光》《是否》《把握》《请跟我来》到《变》，可谓曲曲精品。《搭错车》的音乐特点，便是它的不带有演绎技巧刻意处理的原始美，这或许又是电影情节本身的平朴、自然与纯净所决定的。几位音乐人专门为歌者量身定做。这张专辑的曲风大致分为两种——或发自内心的呼喊，或浅浅的低吟，无不是来自心灵的最直接的诠释。

今天的流行音乐，已很难找到这种感觉，音乐人和歌者在利益驱动下，每每要掺入这样那样、或多或少的"非音乐"元素，使音乐的真正魅力被人为地削弱。《一样的月光》中有一句："七彩霓虹把夜空染得如此的俗气。"正是这类音乐的最好注释。现时，偶尔有"听上去很美"的歌，便拿来听听，若是某个歌手有很多好听的歌，便去买张精选集吧，不过注意，千万不要买专辑——好听的不多，收藏更是没有价值。

我们实在需要一个纯净的音乐空间。

（原载湖南《长沙晚报·音乐地带》）

话题 B

风起云涌的港台金曲时代

《有谁共鸣》《夕阳之歌》《孤身走我路》《顺流逆流》《无言感激》《每一步》……在香港歌坛，这些歌被称为"励志歌"，既激励自己也激励他人，既感动自己也感动他人，当然，有时候也会融情于志，情志交融。

励志歌，几乎每个歌手都会有那么几首。所以，在很多演唱会上，都可以看到演唱者被自己的歌打动，泪流满面，而这种场景，更能引起受众的共鸣，共同掀起无形的歌坛波澜，长久留在人们心中。

历数这些励志歌，总让人感同身受。

时至今日，有的粤语歌已随时间流逝而渐渐被人们淡忘，但那些优秀的励志歌，却长久地留在人们的记忆中，也成为至今仍为歌迷念念不忘的歌手的"撒手锏"。

而 20 世纪 80 年代起，台湾流行音乐的风潮也飘过海峡，来到大陆。

从台湾歌曲在大街上播放开始，大陆人逐渐接触和熟悉了台湾流行音乐。特别是当台湾音乐节目开始在各大电视台的文艺栏目播出，一扇更加宽阔的宝岛音乐之窗向大陆人敞开。当然，电台、电视台的节目，更是通过不断的视听冲击波，向大陆人推介台湾流行音乐。

起初，《粉红色的回忆》《无奈的思绪》《你潇洒我漂亮》等歌曲，在 20 世纪八九十年代成为很受欢迎的"街头歌曲"，这是一种特定年代的特定现象。

之所以称之为"街头歌曲"，是因为街市上大量的音乐磁带柜台临街而立，商家为了售卖磁带会当街播放音乐招揽生意。

那些你熟悉的台湾创作型歌手的歌曲，你是否都还记得？《其实你不懂我的心》《让生命去等候》是那么潇洒飘逸；《大约在冬季》《外面的世界》满怀离别情感；《狼》则放荡不羁；《特别的爱给特别的你》在高低音之间跌宕起伏，音域特别宽广，激荡人心；《让我一次爱个够》登上央视春晚，扯着嗓子喊出来的歌，也喊出了高级感。

"轻轻地我将离开你，请将眼角的泪拭去，漫漫长夜里，未来日子里，亲爱的你别为我哭泣。前方的路虽然太凄迷，请在笑容里为我祝福，虽然迎着风，虽然下着雨，我在风雨之中念着你。"《大约在冬季》不仅委婉动听而且流传度很广，无论旋律、歌词还是创作背景，都让人动情。这首歌唱惜别深情，叹后会无期，把恋人离别在即的那份依依难舍的复杂心情表达得淋漓尽致。

"你说我像云捉摸不定，其实你不懂我的心。你说我像梦忽远又忽近，其实你不懂我的心。你说我像谜总是看不清，其实我永不在乎掩藏真心。"《其实你不懂我的心》是一首从男性视角创作且比较积极向上的歌曲。歌词描写了年轻恋人间微妙的情感冲突，表达了真挚的爱情。这首歌曲包含了多种演唱技巧，时而真假声混唱，时而低吟，时而高昂，颤音时疏时密，可谓登峰造极。

"除非是你的温柔，不做别的追求。除非是你跟我走，没有别的等候。我的黑夜比白天多，不要太早离开我。世界已经太寂寞，我不要这样过。"《让我一次爱个够》是同名专辑的主打歌曲，歌词写得非常直白，将爱表达得非常直接。创作者融入西式音乐元素，改变了硬派摇滚风格而走向抒情演唱方式的尝试，但摇滚特有的激越、执着犹在，霸气里透着深情，温存中不乏自信。

不难发现，成功的台湾男歌手大多是创作型歌手，多才多艺，当然也近水楼台先得月，这也充分说明优秀的歌手是离不开优秀的歌曲的，唱自己创作的歌更容易收到良好的效果。

至于台湾女歌手的歌曲《你的眼神》《恰似你的温柔》《青

青河边草》《千年等一回》《风中有朵雨做的云》《你看你看月亮的脸》《梦醒时分》《滚滚红尘》《我是不是你最疼爱的人》《我想有个家》……这些歌声至今在人们的记忆里珍藏，偶尔唤起我们的某个记忆片段，从过去到现在。

"像一阵细雨洒落我心底，那感觉如此神秘，我不禁抬起头看着你，而你并不露痕迹。虽然不言不语，叫人难忘记，那是你的眼神明亮又美丽，啊，有情天地，我满心欢喜。"《你的眼神》将爱人的眼神比喻成一阵细雨洒落心底。眼神的流转，是爱人间独有的细腻，但含情脉脉的眼神到最后却也是最伤人的。你的眼睛背叛了你的心，当曾经温情的双眼只剩下冷漠和不屑，爱情也走到了尽头，让人心灰意冷。

这种以事物隐喻情感的歌曲，在当时乃至现今的歌坛俯拾皆是。

悠悠两岸情，台湾歌手用同一种语言演绎的歌曲，促进了两岸的文化交流，为大陆人带来更加丰富多彩的精神生活。

所谓"港台歌坛"，说的就是香港歌坛和台湾歌坛。如果说香港歌手唱国语歌多少有点勉为其难，而台湾歌手唱国语歌则是顺其自然。

台湾虽然也有闽南语歌，但是主流还是国语歌。基于语言的原因，台湾歌手唱国语歌，比很多香港歌手唱国语歌，要字正腔圆得多。

我们之前所熟悉的台湾校园民谣，像《外婆的澎湖湾》《乡间的小路》等，就由很多大陆的歌唱家翻唱过，都是国语歌曲。而在央视春晚上，香港歌手再次把这两首歌带到了内地，用的是有所不同的演绎方式。毕竟，他们来自香港。

"晚风轻拂澎湖湾，白浪逐沙滩。没有椰林缀斜阳，只是一片海蓝蓝。坐在门前的矮墙上，一遍遍怀想，也是黄昏的沙滩上，有着脚印两对半。"《外婆的澎湖湾》是一首曲调优美的校园抒情歌曲，以充满激情的抒怀笔调表达了对美丽的澎湖湾，也是外婆的可爱家园的赞美之情，同时也勾起了对童年美好时光的怀想。

歌曲第一部分从低音区缓缓进入，曲调平稳，其后的跳进使歌曲富有动感，让人们联想到漫步在童年时熟悉的沙滩，留下了一个个脚印的生动场景，不禁心潮起伏、浮想联翩，抒发了对美丽家园的赞美之情。

《外婆的澎湖湾》成了澎湖观光的代言歌曲，已经传唱四十多年，每当这首歌旋律一响起，许多小学生都能跟着哼唱，连大陆的听众也会唱，足见歌曲跨越时空的魅力。

"走在乡间的小路上，暮归的老牛是我同伴，蓝天配朵夕阳在胸膛，缤纷的云彩是晚霞的衣裳。荷把锄头在肩上，牧童的歌声在荡漾。喔喔喔喔他们唱，还有一支短笛隐约在吹响。"同样作为经典之作，这首《乡间的小路》曲风自然流畅，歌词语言清新，意境悠远，再配以活泼、优美的旋律，成为当代歌坛佳作，先后被十多位台湾、香港和内地歌手翻唱。

　　当时我在报纸上所发表的《重品〈搭错车〉》说的是《台湾电影〈搭错车〉主题曲、音乐》专辑，最初发行于 1985 年，这是一张台湾流行乐向大陆歌坛传播的重要专辑。主题曲《酒干倘卖无》在当时影响甚广。与《酒干倘卖无》相比，电影中的插曲《是否》《请跟我来》传唱得更广更久，也许是因为其更加朗朗上口。

　　"多么熟悉的声音，陪我多少年风和雨，从来不需要想起，永远也不会忘记。没有天哪有地，没有地哪有家，没有家哪有你，没有你哪有我。"《酒干倘卖无》由飞碟唱片公司发行，是一首励情励志的国语歌曲，作为电影《搭错车》的主题曲被多次翻唱，于 1984 年获得第三届香港电影金像奖最佳原创电影歌曲奖。

　　《酒干倘卖无》歌者采用的近乎呐喊的演唱方式，对父亲进行倾诉，这是华语歌坛未曾有过的一种声音。影片情节与主题曲的歌词很对应。歌词中"是你抚养我长大，陪我说第一句话，是你给我一个家，让我与你共同拥有它"，融入了子女对父亲的爱，体现了故事与音乐的完美结合，用最简单、最质朴、最催人泪下的音乐语言实现了热切情感的爆发。

　　这是台湾流行音乐史上第一张电影原声乐唱片，被称为"对台湾乐坛的又一次革命"。

　　这个时间点，与香港歌坛兴起粤语歌潮的时间重合，也与内地歌坛以央视春晚歌曲兴起为标志的新歌曲时代的时间重合。

时间定位在 20 世纪 80 年代中期。

还记得吗？就在数年之后的 1989 年，中央电视台《旋转舞台》栏目播出了音乐专题片《潮——来自台湾的歌声》，随着台湾主持人的解说，开场一首《雪在烧》给观众带来了一种强烈的复古感。这个音乐专题片中，出现了《一场游戏一场梦》《我的未来不是梦》《再回首》等歌曲，一批台湾歌手和组合的名字，被大陆人所记住。

这部专题片，无论对于大陆还是台湾歌坛来说，都是流行音乐史上的一次具有标志性意义的重大事件。

《潮——来自台湾的歌声》能流行于大陆，除了因为其中的歌曲优美动听之外，还有一个重要原因，那就是宝岛台湾和大陆始终是同根同源的，一脉相承的中华传统文化很容易就被大陆观众接受了，没有任何困难。

一部音乐专题片带动了一批歌手集体亮相大陆，而每一个亮相的歌手或演唱组合，都从此拉开了其在大陆的音乐之旅的帷幕。

此后，大陆的卡拉 OK 厅里，台湾歌曲的声音越来越多。台湾流行歌曲比之数量有限的香港歌手的国语歌，有着明显的优势。

更值得一提的是，台湾歌曲把"演唱组合"这种全新的形式带到了大陆人的视野中，也推出了最经典的演唱组合。

　　而此前，大家只知道有"二重唱"的歌曲表现形式。

　　台湾音乐与大陆音乐在曲风方面有所不同，所表现的内容也有所不同。《青苹果乐园》《逍遥游》把"台湾小青年"的面貌展现在大陆人眼前，那是一种与大陆学生生活有所不同的生活情境，不说更加前卫，至少更加时尚。

　　《青苹果乐园》是中国台湾演唱团体小虎队演唱的一首歌曲，发行于 1989 年 1 月 24 日，收录于合辑《新年快乐》中。"周末午夜别徘徊，快到苹果乐园来，欢迎流浪的小孩。不要在一旁发呆，一起大声呼喊，向寂寞午夜说 bye bye。"据说，词作者在最开始填《青苹果乐园》歌词时，是因为去地下舞厅看到很多青少年朝气蓬勃的样子，从而受到启发。她表示，笔下的"青苹果"指的就是"青少年"，而"乐园"则是在指当时的"地下舞厅"。

　　《青苹果乐园》成为当时中国大陆大大小小的电视台点播率最高的歌曲之一，也成为当时最受欢迎的歌曲之一。从那之后，中国大陆便出现了很多诸如青苹果发廊、青苹果水果店、青苹果超市、青苹果幼儿园……《青苹果乐园》记录了七〇后、八〇后这一代人的成长心情。

　　2010 年央视春节联欢晚会上，《青苹果乐园》与《爱》《蝴蝶飞呀》被重新编曲，获得春节联欢晚会歌舞类一等奖。此后，网络上《青苹果乐园》的下载量迅速攀升，许多早已封存的音像制品也被摆到了网上售卖。而收录《青苹果乐园》的专辑《新年快乐》钢印版 CD 则以八千元的超高价被出售，收藏价值远高于使用价值。

所以说，流行音乐作为一种文化样态，表现形式是音乐，呈现出的却是文化，影响的也是文化。

于是，大陆人真正了解了台湾歌坛，台湾歌手也逐渐开始融入大陆这一重要的也是更广阔的流行音乐市场。从寥寥几位台湾歌手"打前站"，到众多的台湾歌手开始进入大陆市场，显然，一个新的时代开启了。

这个时代，对于台湾歌坛来说，也是巅峰时代，而这要感谢大陆市场敞开了温暖而热情的怀抱。这也是改革开放大潮的一部分，在流行音乐领域，也绽放了勃勃生机。

这不仅有唱片界、演出市场的功劳，也有视听媒介的功劳。在当时广播电台听者甚众的背景下，很多电台点唱节目对港台音乐的传播起到了助推作用。

而更重要的是中央电视台，从央视春晚决定引进香港歌手开始，每年都有一代又一代的港台歌手登上春晚舞台，这需要很敏锐的眼光和很大的勇气。至于像《潮——来自台湾的歌声》这样的音乐专题片，则更体现了中央电视台作为全国性大台的风范和眼光，其对台湾歌手和台湾歌曲的集体"推送"，是继春晚后，发出的又一枚强力"流行音乐炮弹"。

所以有网友回顾说，当时并不知道《潮——来自台湾的歌声》的背景，但看完这部音乐片后，"完全惊呆了"！

我觉得这毫不夸张。原来是这么回事啊！竟然还有这样的歌啊！这就是真正的明星啊！难道你没有这样的感觉吗？

这正是，"忽如一夜春风来，千树万树梨花开"。

这也正好说明，大陆和港台，有着同样的"根"。随着大陆流行音乐市场进一步开放，各种形式的推力都在给港台音乐的进入提供良好的条件。所以，在20世纪八九十年代的国语音乐黄金时期，给整个国语歌坛留下了许多的经典之作，得以传唱至今。

这是一个特别的时代，说是"前无古人后无来者"一点都不为过。你现在去KTV唱歌，应该说绝大部分的国语歌曲都来自这个时代。时代造就英雄，时代也造就音乐。

说到港台歌曲，不能不说到影视的强大助推作用。

"依稀往梦似曾见，心内波澜现。""浪奔，浪流，万里滔滔江水永不休。"每当这些荡气回肠的粤语歌响起，你是否仿佛又回到了过去香港电视剧热播的盛况中？

《射雕英雄传》和《上海滩》的主题歌，堪称香港电视连续剧最经典的主题曲，而它们的作曲者都是同一人，也就是有着"港乐教父"之称的顾嘉辉。

20世纪80年代在内地掀起的香港电视剧热潮，很大程度上也得益于这些电视剧有好听的主题歌和插曲。明星演员，明星插曲，明星词曲作者，明星电视剧，可谓相得益彰。

一大批电视剧词曲作者，用他们作曲填词的优秀电视剧音乐作品，协力掀起香港电视剧的黄金时代的一个又一个高潮。

而同时，一批精于电视剧插曲演唱的歌手也随着电视剧音乐的爆火，迈上了他们事业的巅峰。

《射雕英雄传》不仅有对唱的主题曲，还有对唱或独唱的插曲，特别是《四张机》，柔肠寸断地唱出了一段凄美的感情；而《满江红》则将满腔报国情演绎得令人热血沸腾。

《射雕英雄传》第一部《铁血丹心》的主题曲是《铁血丹心》，第二部《东邪西毒》的主题曲是《一生有意义》，第三部《华山论剑》的主题曲是《世间始终你好》，全部采取了男女对唱的形式。而《铁血丹心》尤以其词曲搭配之佳境成为杰作，传唱至今。

《铁血丹心》的前奏一出来就是连续急促上行的弦乐，和铺天盖地黄沙般的和声，听者就进入了那个"猛风沙、野茫茫"的情境，男声高歌"射雕引弓塞外奔驰，笑傲此生无厌倦"，女声轻吟"藤树两缠绵""身经百劫也在心间"。家国情怀和侠侣深情，融会在大气阳刚的音乐中，演唱者声线里满是盛年的意气风发和功力劲道。

《上海滩》是香港同名电视连续剧的主题曲，收录于1980年7月16日发行的同名专辑中。这首歌曲婉转动听，有强烈的高低起伏，以浑厚奔放的嗓音唱出了上海滩纷纷扰扰的争斗和刻骨柔情。

电视连续剧《上海滩》里蕴含了许多的情怀，从这首歌里可以听到家国情怀，也可以在歌曲中品尝到特有的人生百味。词作者在歌词里以海浪、潮水来隐喻人生际遇的起起伏伏。这位从来没到过上海的词人，却以一句"浪奔，浪流，万里滔滔江水永不休"，把大上海的风云变幻刻画得如在眼前。曲调的大气，歌词的爱恨缠绵令这首歌曲深植人心，成为粤语歌坛的经典作品。

《上海滩》的演唱者，还唱过《十三妹》《笑傲江湖》等在内地播出的香港电视剧的主题曲。

央视春晚上唱《春光美》的歌者，还演唱了香港电视连续剧《神雕侠侣》的主题曲和插曲。

一线歌星演唱的主题曲则相对较少。

有一部比较早在内地播放的香港电视连续剧《警花出更》的主题曲《交出我的心》，可能很多人都没有注意到是一线歌手演唱的。

《流氓大亨》主题曲《城市足印》和片尾曲《婚纱背后》，《义不容情》主题曲《一生何求》，这些都是为数不多的一线歌手演唱主题曲的剧集。

当年，这些香港电视剧歌曲，大多只会在片头播放一段不完整版，然后很快进入剧集播放。如果想要听全整首歌，就要到歌手的音乐磁带里去找，而在当时磁带市场品种并不多的情况下，要听到这些电视剧主题曲的原版全曲，其实是不容易的。

广播电台磁带库资源相对比较丰富，所以很多观众看了电视剧，想要听里面的歌曲，就会到电台的音乐点播节目中去点播，这是一种比较常见的途径。

而此时，与香港电视剧一道，台湾电视剧和新加坡电视剧歌曲也随着剧集热播，同样受到欢迎，呈现三足鼎立之态。

大陆观众耳熟能详的台湾电视剧歌曲，也是精彩纷呈。

譬如，电视剧《一剪梅》同名主题曲，很多歌手都唱过。

"真情像草原广阔，层层风雨不能阻隔，总有云开日出时候，万丈阳光照耀你我。真情像梅花开过，冷冷冰雪不能淹没，就在最冷枝头绽放，看见春天走向你我。"

《一剪梅》最早收录于 1983 年 4 月 21 日推出的专辑《长江水·此情永不留》中，是 1984 年台湾中视同名电视剧的片头曲，后又成为 2009 年电视剧《新一剪梅》的片头曲，2015 年大陆电影《夏洛特烦恼》的宣传曲。

令人意想不到的是，1983 年推出的歌曲《一剪梅》三十七年后在海外迎来第二次生命。好几周里，《一剪梅》在挪威 Spotify 音乐平台网站占据榜首位置；在瑞典和芬兰，这首歌位列第二；它还登上了新西兰排行榜榜首。

这首歌再次走红，源于一位演员在"快手"平台上传的短视频，视频中他站在雪地里，唱了《一剪梅》中的"雪花飘飘，北风萧萧"两句。该视频后被上传到其他平台，略有不同的是，原唱费玉清的声音代替了原视频中的声音。随着在海外各大平台继续发酵，不懂中文歌词的外国人对"雪花飘飘"兴趣猛增。

此外，《星星知我心》同名主题曲，《昨夜星辰》同名主题曲，《八月桂花香》主题曲《尘缘》，《情义无价》同名主题曲，《戏说乾隆》主题曲《问情》，《珍珠传奇》《包青天》主题曲等都随着电视剧的热播而火了一把。

特别是随着琼瑶剧在大陆的风行，琼瑶剧中的歌曲也随之流行。像《几度夕阳红》同名主题曲，《一帘幽梦》同名主题曲，《婉君》同名主题曲，《青青河边草》同名主题曲，都凭借着琼瑶作词的优势加上优美的谱曲，风行一时。

港台流行乐风行，新加坡流行乐也精彩纷呈。

新加坡电视连续剧《天涯同命鸟》同名主题曲，《红绿灯》同名主题曲，《调色板》主题曲《城市节奏》，《浮沉》主题曲《不夜城传奇》，等等。也许今天，这些当年播放过的电视剧你已经记不清了，可是当这些电视剧歌曲再次在你耳畔响起，那些过往的画面和情节，也许又会依稀在你眼前重现。

除了电视剧集，你还记得那些春晚上的港台歌手吗？

仅仅十年间，有多少香港歌手唱着国语歌上过春晚呢？

其实不胜枚举。当时，每年央视春晚播出前，甚至一到年底，人们就会关注到底哪个香港歌手会来春晚。央视春晚，俨然已经成了香港歌手在内地热衷选择的一个"秀场"，而香港歌手，也成了央视春晚的一个重要"看头"。

用今天的话说，更多的香港歌手都是"自带流量"的已成名歌手，来春晚，他们就是镀个金，跑个场，露个面，如同在旅游景点留个"某某某到此一游"。

　　毕竟，更多的香港歌手并不是主要唱国语歌的，先前并没有很好的国语歌作为积累，上春晚往往是匆匆选歌，草草上场。

　　为什么匆匆？因为我们知道，上央视春晚是要接受邀请的，没邀请你，你想上也上不了。等邀请你了，你也有时间去，但是不一定能做充分的准备。

　　回顾这些年央视春晚上香港歌手的表演，其实并不出众，你说歌不好听也不是，但是就是缺乏亮点，缺乏再造歌手形象的效果。

　　譬如《春光美》《明天的太阳》，都是好歌，保持了歌者在演唱粤语歌时的相似曲风，这也有利于内地观众通过春晚认识这些香港歌手。但是，像《我的中国心》这样因春晚一夜传唱的歌曲，却仅此一曲。

　　而今，属于那个时代的歌手有的已经是六十多岁的人了，时间就是过得这么快。不知道他们再看四十年前的演出视频，又是什么感受。也许，他们并不在乎过往。

　　总之，要感谢那个时代和那种机遇，造就了新星，也给人们贫乏的精神生活带来了丰富的食粮。春晚飘来港台风，一飘就是四十年。这风，是一种全新的具有划时代意义的新歌和新人塑造。

　　而此时，伴随着流行音乐的日益盛行，还有一个"舶来现象"值得一提，那就是20世纪90年代兴起的霹雳舞热。这时，伴随着春晚的演出，不仅电视屏幕上出现了"霹雳舞王子"，霹雳舞还在学生中流行起来，被热火朝天地模仿，学生们在学校各种场合，充满激情地表演。

霹雳舞，是一种以个人风格为主的技巧性街舞舞种，也是北美街舞中最早的舞种。在大量的吸收来源于不同体育及艺术形式的元素和动作后，形成了霹雳舞，分为摇滚步、腿部动作、空中定格、整体移动四大内容，大量快速脚步移动、各种倒立定格动作，以及在地板上或者空中匪夷所思的高难度旋转，使这种舞蹈充满了视觉冲击力，让人一看就知道是在跳霹雳舞。

而更令人意想不到的是，2020 年 12 月，国际奥委会执委会召开会议，同意 2024 年巴黎奥运会增设霹雳舞项目。2023 年杭州亚运会，霹雳舞项目正式加入，霹雳舞项目在进入"奥运大家庭"之后，首次亮相在这一代表亚洲最高水平的综合性运动会上。

推读 3

《同一首歌》是耶，非耶？

这是中央电视台《同一首歌》节目第二集中的一个"片段"：两位歌手唱着那首人们熟悉的表现特殊时代战友之情的《驼铃》，大步流星地走上舞台，歌声欢快而高亢，神态可谓是眉飞色舞，一首离别伤怀之歌被他们唱成了现代派的"劲歌"；接下来是《一路平安》，这首风格相似于《驼铃》的离别之歌，同样被唱成了充满欢欣的快歌，而旁边的伴舞们更是一个劲地扭动腰肢，表现着无比兴奋的情绪……

中央电视台《同一首歌》电视演唱会第一集播出后，因其推出怀旧老歌的特色，受到全国电视观众的广泛好评。中央电视台决定将《同一首歌》定为一个专门的音乐节目，并很快推出了第二集。然而，《同一首歌》第一集中的一些问题在第二集中却更加突出，特别是一些现在的歌手唱原来的老歌，不能忠实于原作，很多都改变了歌曲应有的风格和基调，恣意乱加发挥，使演唱技法和原曲内涵大相径庭。应该说，新人唱老歌是可以适当运用具有本人特点的演唱风格的，但绝不可以是完全背离原曲的"发挥"，这样对观众、对原作都是一种极大的伤害。

在《同一首歌》中，改编歌曲的另外一种形式就是压缩。就连《我的中国心》这首并不算长，且代表着中央电视台通过春节晚会推出金曲、歌星的时代开始的歌曲，也被从两段压缩为一段——尽管第二段的时间不足一分钟。压缩之后，第二段的结尾音机械地拼凑到第一段，这样一来，使得整首歌曲的欣赏性大为削弱。

尽管为"同一首歌"，但是很多观众却并不能真正领略到当年同一首歌的韵味。除了编导的刻意"编排"外，一些原唱者的演唱也让人倍感陌生，这种现象更多发生在那些"留洋"归国的歌星身上。原唱演唱《请到天涯海角来》，不再是清新随意的演唱，而是掺入了大量的洋音乐元素，听起来整个就是一首摇滚歌曲；而原唱演唱的《酒干倘卖无》，唱到最后也不忘记带上一声长叫，以表现她的"留洋"经历。

在《同一首歌》中，最让人失望的还是歌唱家的低水平发挥。随着岁月的流逝，一些歌唱家的嗓音不如以前了，因而不能完全用原来的标准来衡量，这观众是可以理解的；但是如果歌唱家连以前演唱时的激情也没有了,恐怕就有点说不过去了。原唱在《同一首歌》中演唱《一支难忘的歌》时,听过原曲的观众可以明显地感觉到,其没有投入必要的感情去再次演绎这首歌,整首歌唱起来平平淡淡,没有任何起伏,让人根本感受不到"蹉跎岁月"的"蹉跎"。

中央电视台推出《同一首歌》节目并不容易,但是也只有把真正的"同一首歌"奉献给全国电视观众,才能保证这个节目为观众所接受和喜爱。

(原载北京《戏剧电影报·重磅乐评》)

推读 4

第三只眼睛看"假唱"

"假唱"这把戏，在国内文艺界早已司空见惯：某某大腕上得台来引吭高歌，结果却被人发现竟是在装腔作势地"对口型"。恶劣的行为之所以能继续下去，是因为人们总是认为那只不过是"明星形象问题"。但是，我们不能再用一种无所谓甚至是包容的眼光去看待此举了。

搞假唱的演员纵有这样那样的道理，也是欺骗了观众，损害了观众作为消费者的利益，必须做出赔偿。很长一段时间里，又有哪个消费者想到过要向假唱者索赔？所幸的是，据报道，国内终于有了这样的"觉醒者"，而国内法制的日益健全，也为这样的觉醒者提供了有力的法律保障。问题是，一个人的觉醒还不够，还需要更多人的觉醒。一旦"假唱必索赔"在演艺界内成为一种普遍的规则，倒要看有哪个演员再敢于以身试"假"。

对于假唱者，尤其是那些因假唱造成极其恶劣影响者给予经济之外的制裁也是颇有必要的。假唱之举，会败坏艺坛风气，也会损害假唱者所属文艺团体以及文艺演出主办方的声誉，然而又有几个文艺团体、演出举办方对假唱者们实施过教育、惩罚措施？不久前有影视明星因装病不演出而被所在文艺团体开除，引来一片叫好之声。"假唱"与"装病不演出"如出一辙，同样具有欺骗的性质，也应该受到惩罚。

身份特殊的假唱者、场合特殊的假唱现象，尤为值得国内文艺界充分重视，要严厉打击。

不排除演员有可能被强令"假唱"，但因此就导出"迫不得已"的结论为假唱者进行开脱也是绝不可取的。我想，一个有艺德、有崇高敬业精神的演员，他绝不会为放弃一场"假唱演出"而遗憾的。

来一场"反假唱运动"，如何？

（原载广东《羊城晚报·众议院》）

话题 C

从歌唱家之声到央视"连环招"

对于很多歌唱家来说，一辈子能唱几首流传甚广的歌曲，是一种幸福。这也是歌迷们的幸福。

流行音乐，总是在争议中成长。这让人想到《乡恋》。很多人都知道，这首歌曾被某些人称为"靡靡之音"，甚至，演唱者被要求用不那么矫情的唱法来唱这首歌。但是，正是这种"矫情"，在大陆流行音乐界具有划时代的意义。

很多新事物在产生初期，总会遇到这样那样的非议，因为不符合传统，不符合惯常的思维方式。但是不坚持创新，很多东西就无法改变。

《乡恋》，造就了新的音乐时代。只有这样去唱才能把歌曲真正的意境体现出来，也只有这样去唱，才能把自己的真情实意表达出来。否则，《乡恋》只有躯壳而没有灵魂。

如果没有《乡恋》的演唱者对流行唱法的坚持，也就不会有随后更多的流行歌曲流传，执着造就了成功。在中国流行音乐发展的阶段，其实大量的歌曲都是需要运用新的方法去演绎的。

"你的歌声，永远印在我的心中。昨天虽已消逝，分别难相逢，怎能忘记，你的一片深情。"《乡恋》是电视风光片《三峡传说》的插曲，发行于1979年，在1983中央电视台春节联欢晚会上被演唱。2008年，在全国流行音乐盛典暨改革开放三十年流行金曲授勋晚会上，《乡恋》获得改革开放三十年流行金曲勋章。

原唱者演唱《乡恋》这首歌并没有用"气声唱法"，而是用了"半声唱法"，或称为"轻声唱法"。《乡恋》代表了一种新的演唱方式、新的文艺形式，从节奏的变化、歌词的人性化、旋律的温情、演唱的甜美上来看，现代元素比其他歌曲更多。《乡恋》旋律深沉舒缓，歌词细腻感人，歌曲缠绵悱恻、如泣如诉，使中国歌坛为之耳目一新，像一股清新的风吹荡着人们紧闭已久的心扉，让人们感受到从未有过的艺术享受和情感共鸣。

《我们的生活充满阳光》是当年一部深受欢迎的电影《甜蜜的事业》的主题歌，传唱至今。在曲式风格方面，选择了一种类似圆舞曲，又比圆舞曲更轻快的四三拍节奏，加强了抒情歌曲的流动性；在歌词方面，则全面展现时代气息，不仅反映了年轻人追求的爱情，还有在改革开放这场"新长征"中人们的奋斗热情。

《我们的生活充满阳光》曲调清新，阳光乐观，鼓舞起人们在新长征路上的斗志，也唱出了年轻人追求爱情的心声。第一句中"爱情"二字十分大胆地确立了歌曲的主题，同电影中那经典的二人相互笑着追赶的画面相得益彰。歌曲的第二句便从"爱情"主题过渡到"革命"主题："我们的心儿飞向远方，憧憬那美好的革命理想。"也符合电影主人公所表达的"要不断学习不断进步"的决心，继而迎来歌曲的高潮："亲爱的人啊，携手前进，携手前进，我们的生活充满阳光，充满阳光。"揭示歌曲更深层次的主题——抛开旧观念，树立新观念，为社会主义建设而不断学习和奋斗，表达对未来美好生活的向往。

电影《闪闪的红星》主题歌《红星照我去战斗》，气势雄浑，很好地映照了电影的主题与情节，让人仿佛看到了影片中小主人公那稚气而坚定的脸庞。

电视剧插曲也有歌唱家演唱的，像电视剧《蹉跎岁月》主题歌《一支难忘的歌》，电视剧《西游记》主题歌《敢问路在何方》，都很耐听，对于电视剧本身的受欢迎程度也起到了推波助澜的作用。

从《浏阳河》到《春天的故事》，再到《走进新时代》，这些广受欢迎的歌曲，标志性地歌颂了时代的变迁。

一个个熟悉的歌唱家，用他们专业而令人崇敬的歌声，唱响了过去的岁月，也留下了我们的青春记忆。

而此时，新一代的歌唱家也在悄然成长和成熟，日渐融入我们的生活。

1982年，电影《少林寺》上映，主题曲《牧羊曲》成为一首脍炙人口的流行曲。

"日出嵩山坳，晨钟惊飞鸟。林间小溪水潺潺，坡上青青草……"这是一幅多么美丽的图画，和电影里面呈现出来的画面难道不是一模一样吗？难道不是对电影故事情节的一种很好的衬托吗？这，就是电影歌曲的魅力所在吧。

当年，有的老师还把这首歌的歌词抄在教室黑板上，让学生学唱，对这首歌的酷爱可见一斑。而当时，很多同学有自己的歌本，是专门用来抄写流行歌曲的歌词的。

这距今转眼已经是整整四十年了。当年那种纯朴的视听文化习惯，还深深印在我们的脑海中。

多年以后，我们还能在很多场合，看到原唱者演唱这首伴随她成名的《牧羊曲》。

这要感谢这首歌幕后的词曲作者，给大陆的流行音乐带来了很多优秀的作品，不仅是《牧羊曲》，还创作了《大海啊故乡》《太阳岛上》等传唱多年的优秀歌曲。

"明媚的夏日里，天空多么晴朗，美丽的太阳岛，多么令人神往。带着垂钓的钓竿，带着露营的帐篷，我们来到了太阳岛上。"《太阳岛上》是一首有故事的歌，是纪录片《哈尔滨的夏天》的主题曲，收录于音乐专辑《太阳岛上》。

当时，太阳岛的风光除了哈尔滨当地人，很少有人真正领略过。这部纪录片并没有引发太大关注，但《太阳岛上》这首歌很快传唱开来，也给人们带来了无限遐想，不少人听后觉得太阳岛一定是一个风景非常优美的地方。《太阳岛上》让美丽的太阳岛插上了音乐的翅膀，不知多少人因为这首歌而来到了哈尔滨的太阳岛上。据说因为这首《太阳岛上》，当时的哈尔滨市政府还特地授予了首唱者"哈尔滨市荣誉市民"的称号。

《太阳岛上》曲风轻快、旋律优美，令人心旷神怡，给当时的内地歌坛吹来了清新自然的风。2010 年，该曲获得中国文化旅游发展贡献奖影响中国文化旅游的一首歌曲（银奖）。

的确，那些词曲作者，为 20 世纪七八十年代一大批优秀歌曲的诞生和传唱，做出了积极贡献。

这个时期，也造就了很多让大家印象深刻的新一代歌唱家。

除了《乡恋》曾备受争议外，另外一首歌曲《军港之夜》也受到争议。

"军港的夜啊静悄悄，海浪把战舰轻轻地摇，年轻的水兵头枕着波涛，睡梦中露出甜美的微笑。"这本是一幅温馨自然的画面，然而《军港之夜》唱到，要"让我们的水兵好好睡觉"，这引起了质疑——海军士兵应该是坚守岗位的啊，怎么能唱"好好睡觉"呢？

流行音乐总是因破而立。这些曾经颇受争议的歌曲，因唱出了人的共性，唱出了人最真实的情感，唱出了与世俗不同的情感世界，因而得以长久传唱和流行。

20 世纪 80 年代那些优秀的歌曲，那些已成为歌唱家的优秀青年歌手，几乎都和央视春晚密不可分。

很多歌唱家都通过央视春晚更加为大众所熟知，都在春晚舞台上绽放出最夺目的光彩。

许多歌唱家演唱的脍炙人口的歌曲，其实都是电影歌曲。一时间，电影歌曲将受欢迎的电影与受欢迎的歌曲结合，相互辉映，为广大观众和听众带来无穷的生活乐趣。电视机在普通家庭中普及前，电影对流行音乐流传起到了极其重要的作用。

《牧羊曲》《牡丹之歌》等电影歌曲，永恒地将人们的记忆锁定在那个看电影被当作每个家庭最温馨的聚会的年代。即便那些电影已成为过往，电影里面的主题曲和插曲却成为永恒。

而此时，我们要记住一个团体——东方歌舞团。东方歌舞团坚持"以我为主"的建团方针，把中国传统民族民间歌舞艺术和表现现代中国人民生活的音乐舞蹈作品介绍给国内外观众，同时把外国健康优秀的歌舞艺术介绍给中国人民。通过长期的艺术实践和几代"东方人"的努力，歌舞团培养出一批批具备深厚艺术造诣和娴熟演技的艺术家。东方歌舞团的足迹遍及祖国各地，并代表国家出访，为丰富中国人民的文化生活和促进国际文化交流做出了突出贡献。

东方歌舞团，在中国流行音乐史上无疑具有极其重要的地位和作用。东方歌舞团为中国歌坛造就了很多知名歌唱家，奉献了一大批优秀歌曲，成为中国流行音乐进入新时代的重要推动力量。

这是一个非常神奇的歌舞团，竟然囊括了那么多当时风光无限的歌唱家。正因为如此，东方歌舞团才得以被长久印刻在人们的脑海里。

前一阵子，我在网上买了一张太平洋影音公司出的女声演唱经典专辑，里面就有很多东方歌舞团的歌唱家的曲目，最关键的是，像《牧羊曲》这样的经典，编曲是最原汁原味的、最好听的，与后来的版本都不一样。而专辑里演唱家们的声音，竟然还充满着青春的气息，没有雕琢和修饰，原始而自然。

太平洋影音公司成立于 1979 年，由广东省广播电影电视局投资开办。"太平洋"是新中国第一家拥有整套达到国际先进水平的全新录音录像设备和音像制品生产线的音像企业，出版了新中国第一盒立体声盒式录音带、第一张激光唱片、第一盒录像带，开创了新中国音像事业的先河，见证了中国影音事业的发展道路。进入 20 世纪 90 年代，"太平洋"审时度势，先后推出了大批优秀歌手和发行量巨大的专辑，为中国原创音乐的发展做出了重要贡献。

我认为，从《牧羊曲》的不同版本来看，歌唱家最初的声音才是最美的。原来，同一首歌及其原始专辑，也有最经典的版本。

年轻真好，对于歌唱家们来说同样如此！

现在，很多当年的歌唱家们也会不时登台演唱，可是，很难说"涛声依旧"啊！人还是那个人，歌还是那首歌，可是感觉很难说还是那个感觉了。

然而，我们还是要为老一辈歌唱家的付出而喝彩！他们对舞台的坚守，让我们总是对过往岁月有所怀念，没有他们就没有那些永恒经典。他们在舞台上继续发光发热，也让我们牢记"舞台需要经典"这一永恒规律。

而且，很多歌唱家还在用今天的舞台，做好传帮带，培养更多的后继之才。他们经常与年轻的歌手同台演出，给予他们更多的演出机会和提高机会，让今天的舞台和明天的舞台更加精彩，充满继往开来的力量。

为了传承老一辈歌唱家的音乐事业，央视打出了"连环招"，首先就是打造了对中国歌坛具有重大意义的"全国青年歌手电视大奖赛"。

伴随着改革开放的春风，文艺的春天到来了，文艺内容和形式的多样化极大丰富了群众的文化生活。"歌手大赛"这种新社会、新时代的文艺选拔机制在央视应运而生，并得以发展，成为全国范围内选拔声乐人才、促进文艺市场发展的重要形式。

这是全国首个国家级的电视声乐权威赛事，两年一次，其实就是歌坛的"全运会"。

起始时间就在 1984 年。

现在看来，中国文艺界很多大事都发生在 1984 年。那一年，改革开放的春风吹遍了神州大地，也吹到了文艺界的各个角落。从此，中国文艺界焕发出新的生机和活力。

美声唱法、民族唱法、通俗唱法，是全国青年歌手电视大奖赛的"三驾马车"，而专业组与业余组也有区分。很多歌手都把在这一赛事中脱颖而出，作为事业上升的重要途径。从成名歌手到众多名不见经传的小歌手，无不以极大热情参与其中。

有很多歌手，几次参加青歌赛，就是为了夺取冠军，也就是某一唱法组的第一名。

而结果是，大多数人最终还是没能如愿以偿。这是一个奇幻的舞台，好像越有名的歌手越难得第一。

所以，青歌赛很大程度上是公开公平的，把更多的机会留给了新人，通过比赛的舞台让更多的新人崭露头角，也让全国电视观众能看到更多的新人新作新面孔。

另一方面，充满悬念的青歌赛，也更加能吸引观众，将歌坛竞争的激烈演绎得更加酣畅淋漓。

"去掉一个最高分，去掉一个最低分，× 号歌手的最后得分是……"当年，主持人口中这再熟悉不过的一句话，就是青歌赛上最刺激的点。评委当场亮分，哪个评委给了多少分，一目了然。

所以，这样的青歌赛能不好看吗?

还有加时赛。在某届青歌赛的通俗唱法决赛中，竟然有一男一女两位歌手并列第一，所以采取了加时赛的办法，也就是每个人再唱一首歌，最后才分出胜负。

青歌赛，曾经承载了多少歌手的梦想!而观众对每届青歌赛的关注度，也是居高不下。

每次的青歌赛结束后，中央电视台都要举办一次获奖歌手音乐会，获得各个唱法不同名次的歌手都有机会登台演唱，这既是一场青歌赛的总结大会，也是一次当年新晋歌手的汇报演出。

从现在的眼光来看，当时演出的服装和伴奏乃至现场效果，其实都非常简陋，然而，这并不能掩盖这一音乐会对整场青歌赛的助推效果。

然而，一个奇怪的现象是，青歌赛的造星功能却无法与赛事本身的人气相匹配，很多夺冠歌手最后都默默无闻。也就是说，歌手的获奖名次并不与今后的发展态势成正比，有获得第一名的歌手赛后默默无闻，而有的名次不那么靠前的歌手却借青歌赛扶摇直上。

当年，青歌赛的收视率是非常高的，在这里，不仅能看到新人、听到好歌，更重要的是，寓歌于赛，在歌手激烈的竞争中吸引观众，用比赛的精彩纷呈抓住观众。

1988 年，通俗组唱法第一名以《故园之恋》《外面的世界》

在第三届全国青年歌手电视大奖赛中崭露头角，这次夺冠，几乎是毫无争议。

这是一次具有特殊意义的参赛。获奖选手不仅唱红了自己，更为奇特的是，还唱红了《外面的世界》。

但是，青歌赛终究只是个平台，如果不是人与歌的"万事俱备"，再好的东风也无法将歌手"吹"起来。

这就可以和前文提到的香港新秀歌唱比赛对比。其实青歌赛缺乏的就是唱片公司的融入。作为中央电视台，虽然可以为青歌赛获奖选手提供一定的舞台，但毕竟是有限的。没有唱片公司，没有新歌词曲创作，也就不会有新歌和新人的不断涌现，歌坛也就缺乏向前发展的后劲和内力。

在弘扬本土音乐方面，中央电视台不断推出新招。不仅有春晚、青歌赛，还有《综艺大观》《同一首歌》，更有电视歌会《九州方圆》。

同样是1984年，为庆祝中华人民共和国成立三十五周年，中央电视台推出了特别节目《九州方圆》，《风雨兼程》《希望之路》《虹》《瞬间》《等到明天这一天》等十三首原创歌曲，给大陆通俗歌曲刻上了"流行"的印记。这十三首歌的演唱者来自大江南北，既有当时的著名歌唱家、歌手，也有此前不知名的歌手。

这十三首歌曲都十分优美、动听，在全国范围内广泛流传，成为一代人心中美好的记忆。《九州方圆》在当时不但推出了电视歌会，还出版发行了录音带，这为合辑的流行也起到了推波助澜的作用。

"今天你又去远行，正是风雨浓，山高水长路不平，愿你多保重。记得那年初相识，也在风雨中，风浓雨浓情更浓，祝你早成功。"这首充满诗情画意而又韵味深长的《风雨兼程》，成为《九州方圆》和演唱者自身最耐听的歌曲。

《九州方圆》的出演歌手，基本上都是成名歌手，但还有几位并未因此节目而迅速走红。

其中的《与我同行》《夜色阑珊》，一首慢歌一首快歌，在十三首歌曲里极具特色，将一位有点童声音色的歌手推向了大众视野。

如果没有几首好歌，如果没有适合自己的唱片公司来打造，也就是说，如果没有好的根基和持续性，一名歌手即便有央视这样难得的平台，也很难出名。

因此，能借由央视平台最终改变自己的命运，归根结底还是需要唱片公司及时的打造，否则，连在歌坛昙花一现的机会也没有。

这也是央视青歌赛在很大程度上仅仅只是一个比赛而已的原因。但也有特例——央视平台加上广东包装，一起成就了歌手。

在《九州方圆》里，还有一位演唱了两首歌的歌手，来自广东。从东方歌舞团到深圳歌手，既打造了一台把中国歌坛推向开放的流行时代的歌会，也将南北歌坛有机融合起来。

所以，这是一台开放的歌会，一台超越的歌会。

进入新的世纪，《同一首歌》开播了。当时，《戏剧电影报》刊发的评论《〈同一首歌〉是耶，非耶？》表达了对这一节目的担忧。

《同一首歌》以独具特色的系列大型演唱会和各类主题、公益演唱会为主，赢得了观众的喜爱和好评，收视率当时一直在央视三套节目中处于领先地位，并且屡创新高。栏目组和美国、韩国、日本、新加坡以及港澳台地区各大国际性传媒机构开展了成功的合作。《同一首歌》荟萃国内外歌坛的明星、新秀和一流的艺术家，贯穿传统与现代，引领怀旧与时尚，成为新老明星风云际会的乐坛顶级盛事。

应该说，《同一首歌》作为中央电视台推出的演唱会形式的电视节目，对推广流行音乐，无疑起到了积极的作用。在那个时代，确实也需要这样一种能及时推广流行音乐的演出形式。

尽管在《同一首歌》中有着改编歌曲不恰当等弊端，但是，瑕不掩瑜，它总体而言还是成功的。

改编对长期流行的歌曲来说，始终是个大的挑战，直至今天，央视春晚几十年的保留曲目《难忘今宵》被改编演唱后，仍饱受争议。

褒也罢，贬也罢，从今天来看，各种创新形式的推出，都是对歌坛的一种贡献，都是对歌坛前行重要的推动力量。

推读 5

"包装"的理解误区

这几年来，大陆歌手签约港台唱片公司寻求"包装"，这恐怕是"穷则思变"的缘故，大陆歌手实在耐不住唱干了嗓子却不能成为万众仰慕的偶像的"寂寞"。一些大陆歌手觉得自己唱得并不比港台歌手差，只不过港台歌手的"包装"比自己好罢了。

然而，签约港台唱片公司寻求到的所谓"全新包装"就一定能奏效，令大陆歌手如愿以偿吗？笔者认为，这是个值得商榷的问题。

任何歌手都是不能脱离特定的歌坛乃至社会的大背景而孤立存在的，签约港台公司的大陆歌手是由大陆发掘出来的，也是由大陆培养起来的。大陆歌坛发掘这些歌手的标准，唱功乃是头等重要的，这些歌手中更多的是北方歌坛的歌手，他们所采用的是以美声唱法为基调的通俗唱法。在大陆歌坛的发展过程中，应该说，这些歌手也是朝着"提高唱功"的方向发展的。因此，大陆歌坛与港台歌坛是截然不同的——港台歌坛对歌手的发掘和提高始终是以形象、气质、曲风为要旨的；而内地歌坛发展至今，歌曲难以流行，歌手难以成为偶像，从根本上来说，实在是由于内地歌手唱功太好，太过注重行腔运气，恰恰忽略了歌曲要流行，就必须融入更通俗化、情感化的演绎方式。在 1984 年中央电视台春节联欢晚会上，有香港女歌手仅凭几首"老掉牙"的内地民歌便引人共鸣，并不在于"香港歌星"的名头，而在于她运用了全新的流行曲的演绎方式。归根结底，过于注重唱功，乃至融美声于通俗唱法之中，是以往大陆歌手及其音乐作品难以走红的症结所在，而所谓"包装"，只是很次要的原因。如果大陆歌手只是一味地把"唱功高超"作为引以为骄傲的长处，不思变通，反而把精力放在"包装"上，无疑是一个理解上的误区。

大陆歌手纷纷签约港台公司，并未意识到自己的致命弱点，更遑论改进之，其作品就不容易抓住歌迷，那么不论如何进行"包装"，都只能说是本末倒置。签约港台公司后，如果大陆歌手仍按自己的原有风格去演绎歌曲，适合自己的歌曲从何而来？港台的词曲作者难道有能力创作出其需要的歌曲来吗？答案是否定的。退一万步说，在港台的"包装"即便成功，也不要过分夸大这种"包装"作用。"先入为主"，在大陆歌迷眼中，你与原来不会有太大区别，反而可能因疏远大陆歌坛，失去大陆歌迷。

曾有一位加盟香港飞图娱乐有限公司的内地歌手随"飞图"到内地演出，风头被他人占尽，而这位内地歌手的风采早被淹没得看不见了。我又看了这位歌手在"飞图音乐网"上的MV，那种矫揉造作、"四不像"的演唱真令人倒胃。试想，若留在大陆发展，这位歌手总不至于如此痛苦吧？

理解上的误区，可能令大陆歌手走入绝境。大陆是大陆歌手发展的土壤，大陆歌坛对歌手的包装虽不甚令人满意，但至少可以因人制宜，大陆的歌曲创作群体也至少可以量身定制。而一旦离开这片土壤，大陆歌手不仅难以开拓新的市场，连大陆的市场也可能失去，前功尽弃。

（原载广东《舞台与银幕》报）

推读 6

下自成蹊的歌者

　　当《不见不散》这首歌曲开始流行，我还不太熟悉其演唱者。后来，看到电视台播放的演唱现场，以及播出的一部电视剧，我才知道《不见不散》是由一个不那么喜欢自我炒作、从没有大红大紫迹象的歌者所演绎的。

　　几个月前，我看到一篇报道，说是国内的某个比较重要的音乐颁奖典礼将大陆男歌手的最高奖项颁给了《不见不散》的演唱者，因而引起争议，原因就是所谓"不配"。不过，我倒十分佩服当时该音乐颁奖典礼的举办者将最高奖项颁给他的勇气和智慧。所谓勇气，是因为举办者敢于挑战世俗眼光；所谓智慧，是因为举办者看到了这位歌手的潜质。确实，在今天，能够不靠炒作而为人熟知的歌手确实是太少太少。

　　这位歌手的几首好歌都是电视剧中的歌曲。我是因为看《永不瞑目》，对其中的主题曲产生了兴趣，继而真正熟悉了主题曲的演唱者。那种低柔与高亢相结合的音色，没有任何的矫揉，使人们对剧情有了更深刻的领会，形成了音乐与剧情的相互映衬。没有好剧，再好的插曲也不能随之风行，而没有好的歌手，再好的歌曲也不可能得到充分的表现。在今天，一个歌手，能够凭着电视音乐而逐渐被人们接受，这本身就是一种值得骄傲的资本。

　　最近，这位歌手又演唱了收视率很高的电视剧《少年包青天》主题曲，这首歌便是他的又一个"音乐亮点"，也再一次证明了他的实力。

　　"桃李不言，下自成蹊。"或许他其实也是一个善于"炒作"自己的歌者，但这种"炒作"，是一种间接的"炒作"，是用实力说话的"炒作"，是找到了极佳载体的"炒作"。我们的乐坛，正缺乏并需要这种精神。

（原载湖南《长沙晚报·音乐地带》）

推读 7

是"天意"，是转变

日前，我在电视上看到一位歌手的全新 MV《是天意》，之所以谓之"全新"，不仅仅因为它是"最新推出"的，更重要的在于从画面到音乐令人耳目一新。

婉转曲折的音乐处理，替代了该歌手一贯高亢直白的北方音乐风格，从音乐中我们所看到的，是一个柔情怀旧的老牌歌手，一个凝重写意的老牌歌手。他的音乐，不再需要大量的群众演员、锣鼓或者是大型晚会的喧闹衬托才能得到完整的表现。这是一种好听的音乐，歌者用流行的，但又不仅仅是通俗的元素注入，低吟浅唱，让人们从耳朵到心灵都感觉到一种美的意境。而画面也是基于新音乐有所改变。展现在观众面前的，不再是人头攒动的大场面，也不是主人公大步流星、张开双臂迎面而来。这里的他，瘦削的脸显得有点苍白，卷曲的头发沿着瘦削的脸垂下，演绎着感怀和情愫。

这位歌手新专辑的同名主打歌《期待》，虽然民族气息因歌曲主题在此中仍有一定的保留，但在台湾资深音乐人的精心雕琢下，已有着向新风格的明显转变。可以说，《期待》具有与《是天意》同样的音乐曲风。歌者的转变，已不仅仅是一两首歌的转变，而是其整个音乐风格的转变。该歌手是大陆男歌手中的"大腕"，这种转变无疑值得我们细细品味。一个"晚会歌手"，一个出道多年都谈不上红火的歌手，已决意开始转变，这是一种"天意"，更是一种无可奈何的"人意"。

（原载湖南《长沙晚报·听者有心》）

推读 8

《给我新鲜》不新鲜

一位女明星的"处女歌"《给我新鲜》的 MV 开始在各地播出，而且据说明年还要推出演唱者的个人专辑。

这首"处女歌"，我没有去注意它的歌名，毕竟，演唱者本身就足以吸引人们的视线。当然，这也是这首歌得以"强力放送"的真正原因。此外，我还注意到曲作者的名字。这首歌隐约听起来旋律还不错，好像还有那么点味儿，一看，原来出自名家之手。不过，尽管这首歌"快乐"地唱着"新鲜"，而我却没能感觉到任何新鲜。

现在给明星写歌，都讲究个"度身定做"，而对于这首"处女歌"，我却不知如何去定义。创作者做得还不错，至少，这首歌还算"拿得出手"。然而，问题是，一段时间以来，他如此"拿得出手"的歌并不算少，但这样的歌却并不是现时亟待

"顶尖作品"和"顶尖歌手"出现的乐坛所需要的，或者说是所缺乏的，当然也就不会是歌者所需要、所缺乏的。平庸的"处女歌"对于歌者来讲只是毫无意义的"锦上添草"，而不是期待中的锦上添花。从这个意义上来讲，如此作品又难以与"度身定做"挂上钩。

然而能怪创作者吗？似乎还不好说这是作者的本意，或是歌者的本意。而无论是作者，还是歌者，希望"处女歌"受到欢迎的基本想法必然是共同的，只是怎样才能受欢迎的问题。对于歌者来说，存在"保本经营"还是"风险投资"的问题，而事实说明，歌者选择的是前者而不是后者。于是我们看到，这首"处女歌"成了一首典型的"六十分歌曲"——处在及格线上，不好也不坏。知名创作者的功力保证了歌曲具有一定的"滋味"（但绝不是"品位"），而压抑"快嘴"本色的不知所云的低柔浅唱，让观众不看画面还以为是哪个台湾歌手在唱歌，让人感觉那个演唱者是那么的陌生。

这是一个没有个性就没有成就的乐坛。观其人知其歌，听其歌知其人，在这个没有硝烟而又硝烟弥漫的乐坛之中，拒绝的正是平庸化。当然，这对于只是想"分一杯羹"的歌者而言，未免有些苛求，而且该"另当别论"——毕竟他们本身唱功就"捉襟见肘"，如何敢于"风险投资"？进一步说，这也是一个不是谁想"分羹"就肯定有羹可分的乐坛，而且是前未"仆"后又"继"，对于我们这些看客来说，就权当看看热闹吧。

（原载北京《戏剧电影报·重磅乐评》）

推读 9

莫把花期空错过

大约十年前，一位年轻男歌手在湖南曾有过一段时间的崭露头角。那时的他年纪轻轻，兼有创作歌手的特点。但遗憾的是，当年的他并没有很好的作品和成绩。再后来，则好像在这个圈子中消失了。

而不久前，在《同一首歌》中，我们又看到了他——那个依然显得年轻的歌手。他在《同一首歌》中，演唱了一首《龙的传人》。尽管进行了重新编曲，采用了新的演绎方式，但这终归是一首老歌。多年以后又见这位歌手，他带来的不是自创的精彩作品，而只是在唱"口水歌"，这实在使我在惊喜过后又极度失望。再后来，《同一首歌》到台湾演出，他仍在唱着这首歌。我心里纳闷：难道这就是一个闯荡歌坛多年的歌手的最终"成绩单"？

翻唱《龙的传人》，对于那些已有自己成功作品的新人也许还有些作用，但我很难想象翻唱《龙的传人》对于他有多大意义。《同一首歌》属于已经很成功的歌手，而不会属于一个缺乏深厚根基的歌手。如果借助《同一首歌》的辉煌，能使他过渡到一个有自己的成功作品的歌手，那么实在是幸事；但如果只是永远让其充当《同一首歌》中无关紧要的一个角色，那么，对于一个年轻的歌手而言，则无异于对其音乐生命的扼杀。现时的流行乐坛，许多人都在"默默向上游"，也许会有一些捷径，但属于自己的好作品是不可或缺的基石。尽管十年后的他依然显得那样年轻，但毕竟时间在无情地流逝。笔者希望所有在圈子里奋力打拼的歌手都创造出属于自己的辉煌，而不是让花期空错过。

（原载湖南《长沙晚报·听者有心》）

推读 10

大陆演唱组合透视

　　一年前，大陆歌坛出现了第一个演唱组合，时至今日，我们不能不说，这一组合并未在大陆流行乐坛产生理想中的影响。

　　这一组合是大陆词曲名家，依照台湾模式"制造"的一个演唱组合。这个演唱组合由于缺乏鲜明的形象特征，难以给人留下深刻的印象。所以，单是从形象气质上看，这个组合就不可能走"人优则歌优"的偶像歌星路子。

　　其次，从词曲创作上看，这个组合的作品很少有优美动听的旋律和真正反映年轻人心态的歌词。该组合在演唱时也显得过于注重"字正腔圆"，舞蹈动作也因缺乏连贯性而显得呆板。同时，由于没有一个实力雄厚的音像公司来力捧这个组合，歌迷无法通过荧屏看到为其拍摄的演唱专辑，也没有看到他们在国内进行扩大声势的巡回演出，自然就谈不上在歌迷中产生多少影响。继兄弟组合之后，崛起于广州的大陆歌坛第一支少女演唱组合，也在不久前诞生了，并已推出她们的首张专辑《青春亮相》。我们期待着她们为 1993 年大陆流行歌坛带来新的活力。

（原载湖南《长沙晚报》副刊版）

话题 D

大陆流行乐坛的悄然变革

同样在 20 世纪 90 年代，在以首都为中心的北方歌坛，一场注入更多流行元素的变革正在悄无声息地进行着。

1988 年，《思念》在央视春晚唱红，接着又是电视剧《渴望》的主题曲，凭借电视荧屏，使歌者从二线歌手上升为一线歌手。这些歌曲不再像《篱笆墙的影子》和《绿叶对根的情意》那样，调门比较高，而是舒缓而动人心弦。歌者也随之完成了自己的重大转型。

大嗓门的女歌手，也尝试着转型，只是你不一定觉察得到。

"打开心灵，剥去春的羞涩。舞步飞旋，踏破冬的沉默。融融的暖意带着深情的问候，绵绵细雨沐浴那昨天，昨天，昨天激动的时刻。"内地、香港两地女歌手合作对唱的《相约

1998》，以柔风细雨的演唱成为当时已不多的因春晚而走红的流行歌曲，迅速被收入当年度的新专辑。

歌曲《相约1998》的创作灵感来源于1978年中国改革开放到1998年之间国家的变化对人民的影响，写的是人们的一种心情和内心对美好未来的渴望，反映了社会的发展变化中大众丰富的社会情感。歌曲中所描绘出的美好画面与人们对幸福生活的珍视和热爱，加上全新的演绎方式，契合了时代的特征和人们的情感。

从《相约1998》到《雾里看花》，直到后来2015年的春晚歌曲《丝路》，一个"东北风"的歌者活脱脱变成了柔情歌手。

也有原本唱着《铿锵玫瑰》的大嗓门女歌手，唱起了声调够低的《野花》，如泣如诉，唱得你肝肠寸断。

当年的音乐评论《是天意，是转变》，则在女歌手之外，将男歌手的类似表现进行了解读。

一个典型的晚会歌手，却用一首至今可能很多人还没听过，更不用说熟悉的《是天意》完成了自己的转型，不管是否达到良好效果，其良苦用心是摆在那里的。

当时的评论《下自成蹊的歌者》，则把刚刚成名的新人推到了大家面前。从现在看来，这篇评论非常准确地对当时的歌坛"新人"、今天的"大腕"进行了人物分析。今天，他早已进入大陆歌手的绝对一线阵容，并一直保持。与大嗓门的女歌手不同，他虽然也是以高音为特色，但是像诸如《不见不散》这样的歌曲，高音只是歌曲中很短的一部分，就整首歌曲而言，歌手的曲风还是偏向柔软。

可见，许多北方歌坛歌手，都在不知不觉中完成了曲风对流行音乐市场的适应性转变。

大陆人是从台湾青春演唱组合开始熟悉演唱组合这种形式的。而此前，虽然也有香港演唱组合出现，但是一来粤语歌的影响力在内地并不是很大，二来该组合成员年龄偏大且相对于其他歌手并没有明显特征，所以并未给内地歌迷留下深刻印象。而台湾青春演唱组合的出现，打开了大陆人的视野，也引得大陆歌坛跃跃欲试，尝试效仿。

于是大陆演唱组合登场了。一对年纪偏大的双胞胎兄弟组成的演唱组合，在歌坛留下了些微波澜，它的意义已超越组合本身实际的影响力。

打造这个组合的人，没能实现自己的造星梦。

然而，歌坛的任何新生事物总是在尝试中开始。

终于，很多年后，一个几乎完全模仿台湾青春演唱组合的大陆青春演唱组合出道了，它的成功和成名，说明它找到了演唱组合走红的本质因素。

低龄化，三人组合，且有核心成员，有几首好的歌曲，有经纪公司。于是，"三小只"成功了。《宠爱》《青春修炼手册》《大梦想家》，沿袭了当年台湾青春演唱组合的年龄定位和市场受众定位，那种懵懂少年且唱且跳的舞台风格，也如出一辙，唤醒了年轻人的青春梦想，一呼百应。

所以，在歌坛，要照葫芦画瓢其实并不容易，树上的桃子谁都想摘，可是要跳得高才能摘得到，要跳得是时候才能摘得到。

低龄化的大陆青春演唱组合紧紧抓住了同龄人的市场受众群体，也给他们后续进一步在歌坛发展乃至跨界至影视圈发展，提供了足够的时间储备。

消费群体，是打造适合流行歌坛的演唱组合的一个需重点考虑和考察的因素。巨星的打造，适宜于大众化的听众群体，而演唱组合的打造，则适宜于有一定消费能力的青少年群体。

当大陆"三小只"在舞台上载歌载舞，不仅赢得了青少年群体的欢迎，其实也会招来年长者的疼爱。这就是精准的市场定位。

显而易见，香港歌坛和台湾歌坛，包括内地歌坛，最成功的演唱组合其实都有一个共同的特点，就是三人组合，人数不多也不少。在舞台上，三人组合既不会显得单薄，镇不住场，也不会显得杂乱而没有个性特征，并能很好地实现从合声到各自演唱的自然过渡。

推读 11

批评的准确性

　　鲁迅先生说："讽刺的生命是真实。"真正的批评往往表现为"犀利的讽刺"，而所谓"真实"，往往又被严格要求必须准确。因此，批评者，当然是要被公众要求做到准确的。

　　批评的准确性，包含了对于本质批评的准确性及对于现象批评的准确性这两方面。

　　批评的准确性，关键无疑在于对事物本质批评的准确性。批评的目的，是批评各种现象的本质，而不是流于肤浅的对于现象本身的批评，只有本质才具有普遍性，才具有批评的价值和意义，以之作为批评目的才不至于让具有相同弊端者只管一旁幸灾乐祸，却忘了自己也是批评的对象。可见，批评无不是由现象最终深至其本质，批评的准确性也就无不是最终落实到对本质批评的准确性。具有了对于本质批评的准确性，批评就基本可以算是及格了。

现象是个面，因而批评时往往也就难以达到"滴水不漏"。批评者并不是专门的社会调查员，他们能拿出的论据也就很难是"千真万确"的，即便是在批评者看来"千真万确"的证据，也难免"仁者见仁，智者见智"，别人持有异议也毫不奇怪。批评者做到对于本质批评的准确性当然是不够的，还要追求对于现象批评的准确性，然而往往又是"心有余而力不足"，屡屡受到困扰。然则对于现象批评的准确性的作用果真如此之大吗？笔者觉得还有待商榷。

批评者当然要力求全面系统的准确性，但判断批评的成功与否的标准，无疑还在于它是不是一针见血地刺中了本质，难道不是吗？

谨以此篇赠予我们的乐坛，我们的乐评界。

（原载广东《新舞台报·湘竹丝语》）

话题 E

岭南流行音乐的迅速勃升

一时间，人们将眼光从北京的舞台转向广东歌坛，那里，大陆流行音乐的新浪潮正汹涌澎湃。

一批音乐人，打造出《涛声依旧》《我不想说》《弯弯的月亮》《透过开满鲜花的月亮》等一大批富有岭南特色的流行歌曲。

"带走一盏渔火，让它温暖我的双眼；留下一段真情，让它停泊在枫桥边。无助的我，已经疏远了那份情感，许多年以后才发觉，又回到你面前。"《涛声依旧》的创作灵感来自唐诗《枫桥夜泊》。

这种植入使得这首歌曲如同唐朝的绝句诗，显得清雅质朴而富于韵味。除了植入，这首歌曲还运用了衍化的手法，歌中咏唱的渔火、枫桥、钟声、客船等景物衍化成一段美丽的风景，而由这些物象交织而成的古典意象，则延展为一种现代意识下的文化情思。正是因为歌曲融会了这种失落与怀旧的文化情思，听众从歌中听出了几许寂寞和惆怅。

《涛声依旧》自问世以来久唱不衰，成为中国流行乐坛的经典作品。它虽然是一首通俗歌曲，却巧妙化用了唐诗，具备了古典诗歌的魅力，当荡气回肠的歌声响起时，总会让听众想起古风古韵。由于这首歌曲取自唐诗中的情景，因而在情感和意境表达上具有独特的魅力。

"我不想说我很亲切，我不想说我很纯洁，可是我不能拒绝心中的感觉，看看可爱的天，摸摸真实的脸，你的心情我能理解。"《我不想说》收录于 1992 年 6 月 8 日发行的电视剧《外来妹》原声带专辑，1992 年获得全国十大影视歌曲最佳歌曲奖。

《我不想说》在影视剧歌曲当中可谓佳作，歌曲的内容、风格与剧中人物的性格形象高度吻合，这固然得益于词曲作者对珠三角这方热土的挚爱，对外来务工者生活的深入理解和精准提炼。少女的单纯和羞涩，对生活的无奈和惆怅，都随着萨克斯的长叹飘逸了出来，唱出了外来务工者的那种憧憬与无奈、自尊与自卑、发奋与消沉的矛盾心理。

随着广东歌坛这些歌曲的传唱，一批歌手开始走红歌坛。时间就在 20 世纪 80 年代末至 90 年代。一时间，南北呼应，好不热闹。

《涛声依旧》，如今仍是 KTV 的常唱歌曲，优美大气的旋律，意境深远的歌词，给人难以忘怀的记忆。

这一切的变化，源自广东歌坛举办的原创歌曲比赛，产生了属于广东歌坛自己的音乐人、歌曲、歌手。原创，是广东歌坛兴起的真正巨大动力。没有原创力的歌坛注定是没有恒久的生命力的。

这，需要极大的胆识和前瞻的眼光。

而此前，广东歌坛还依靠翻唱或把港台歌曲拿来重新填词编曲。然而所有的创新都根源于传统，穷则思变，变则通。

所以，无论是北方歌坛还是广东歌坛，缺的不是歌手，缺的是歌曲，是精彩的原创歌曲。抛开原创歌曲，去谈什么"包装"，那无异于本末倒置。

那些幕后的音乐人，默默耕耘的词曲作家，是他们，撑起了歌坛的一片天。如果说有一天歌坛兴旺不再，那很大程度上是因为不再有好的原创歌曲。

也许有人说，香港歌坛也有很多翻唱歌曲啊。可是你注意到没？此时的香港歌坛已是高度商业化，原创歌曲已远远不能满足市场需要，因而翻唱歌曲也会有其一席之地。

其实关键并不在于原创歌曲的数量，而在于原创歌曲的质量，更在于原创歌曲创造者的创作能力及其可持续性。

报刊媒体，在当时也是推动歌坛向前快速发展的重要力量。这是由当时报纸杂志在整个文化传播中的地位决定的。电台和电视台，报纸和杂志，在倡导本土流行音乐方面并驾齐驱、协同发力。

北有《戏剧电影报》，南有《舞台与银幕》《新舞台》，通过弘扬正向价值、鞭挞弊端，推动歌坛向上发展。

《戏剧电影报》是北京市文联主办的一份面向中国三十四个省级行政区发行的娱乐资讯报纸，该报于 1980 年 12 月 28 日试刊，于 1981 年正式出版发行。《戏剧电影报》定位是戏剧、戏曲、电影等行业的资讯性报纸。2000 年 10 月 2 日，戏剧电影报出版最后一期后更名。

《舞台与银幕》是广州日报报业集团主办的系列报刊之一，具有鲜明的南国特色，是集娱乐、时尚、休闲等于一身的综合娱乐周报，以独特的风格、动感的版面、深度的评论，向广大读者提供明星动态、娱乐大事、开心休闲等丰富内容，深受社会各阶层读者的喜爱，被中共广州市委宣传部评为"广州地区优秀报刊"，成为广东地区娱乐新闻的冠军报。

由中国戏剧家协会广东分会主办的《新舞台》，于 1988 年年初创刊发行，兼有报纸与期刊的优点，版面活泼，图文并茂，令人瞩目。该刊坚持在改革时代探索一条地方性戏剧刊物的发展路数，力求弘扬广义的戏剧文化的丰富性和体现戏剧艺术的综合性，并适当传递一些影视歌坛的信息。

尤其在广东，两张娱乐大报各自发力，各有千秋，每期都有专门的评论专版，思想前卫，敢想敢说。《舞台与银幕》以较大篇幅刊载的《"包装"的理解误区》，是我在这里发表的一篇流行音乐评论，对乐坛不恰当的为"包装"而"包装"的现象提出了批评。《新舞台》刊发的《批评的准确性》，其实也是讲的包装问题。

事实上，从今天来看，确实并没有哪个歌手只凭包装改变了自己的命运，不合时宜的包装更容易弄巧成拙。

确实，对于流行音乐和歌手，很多人存在一个认知上的误区，就是过于夸大包装的作用。其实在歌坛，有一整套机制，不能偏废某一方面，更不能这个方面与那个方面不协调。然而，在日新月异的歌坛上，急功近利的心态往往会导致行为的偏差。

虽然当年的唱片公司在一些歌手身上做了很多包装，但始终没有改变他们一直只是广东歌坛二三线歌手的命运。

曲风，很重要，有些歌曲的曲风并不太符合岭南流行音乐风潮的总体风格。

《小芳》，在这股风潮中不走寻常路，也分了一杯羹。

说到广东歌坛，还要说到《从你的房子里面走出来》。

1993 年，这首歌的演唱者成为广州新时代影音公司的第三位签约歌手，足见当年其与众不同。想当年，新时代公司可是打造了广东歌坛一哥一姐的大名鼎鼎的"超级唱片公司"。

　　广州新时代影音公司是广州市文化局主管、广州市委宣传部主办的音像出版社，成立于 1984 年 10 月，主要经营范围为制作、加工、出版、发行音像制品，其中很多作品获得中央、省、市的奖励。公司推出的国内最早的签约歌手，很多演唱专辑发行量都超过一百万盒，在大陆歌坛产生了较大的影响。

　　广州新时代影音公司的制作及推广业绩在唱片行业广受认可。从一大批广受好评和欢迎的电视剧歌曲的制作，到成功推出歌坛新人，都充分显示了"新时代"的综合实力。

　　新时代就是新时代，上面提到的歌者签约新时代后，专辑《从你的房子里面走出来》获得大卖。由于歌者声音条件和外形条件都不错，专辑同名曲的大受欢迎，说明了新时代的眼光并没走偏。

　　然而，再到后来的专辑《一朵花两朵花三朵花》及第三张专辑，人气逐渐走低。

　　原因也许是多个方面的吧，但我认为，或许是歌手的定位出了问题。把他定位为"少年歌手"，无疑极大限制了他的发展，也与其实际年龄不符，这在第一张专辑里还不甚明显，而在此后的专辑中则越发明显。

　　多年以后的 2012 年，当年红透半边天的广东女歌手又在湖南卫视的春晚上带来一首春风化雨的《我在春天等你》，风采依旧。

　　而这一次湖南卫视春晚，还邀请了原唱再次对唱《心雨》，当年的金童玉女，展现给观众最美的画面和声音。

　　这是湖南卫视的一次高质量的策划，老人新歌，对唱独唱，让人重新回到那个广东歌坛风起云涌的时代。在新老歌曲的交汇中怀旧，是一种别样的感受。

推读 12

从"青歌大赛"看湖南歌坛

　　湖南省第六届青年歌手电视大赛不久前在省会长沙落下帷幕。本次大赛的通俗组决赛，作为全国最具权威性的流行歌手大赛的湖南赛区选拔赛，不仅是对近几年湖南流行歌坛发展的一次检阅，还将为全国大赛推荐优秀歌手。

　　通俗组决赛中虽然已没有了往日的那些熟悉面孔，但是将参赛者最高年龄划定在三十五岁，仍然使歌手整体年龄偏大。即便这个标准与全国大赛的标准相适应，但评委在给歌手评分时，也应该给更年轻的歌手以鼓励支持，因为只有年轻，才有可能在歌坛有更大的发展潜力，而发掘歌坛新人，正是大赛的宗旨。

　　一个真正的歌坛，必须形成一套歌曲创作与演唱、唱片制作与发行紧密结合的完整体系，所以，从严格意义上来讲，没有"自己的歌"的湖南甚至尚未形成像模像样的歌坛格局。本次大赛尤为突出地反映出湖南歌手对于原创流行歌曲的需求。参加决赛的九位歌手，大多数唱的都是风靡一时的外地流行曲，整个比赛似乎无异于一次"卡拉OK"比赛。

湖南歌手试图改换歌曲的原唱风格，以形成适合自己歌路的风格，反映出湖南歌手对流行歌曲的内涵理解不够深刻。《涛声依旧》是一首怅惘的怀旧曲，而被参赛者唱出来却充溢着无比的快慰，这种曲风的转变无疑抛却了歌曲的创作意图；《滚滚红尘》展示的是一种淡淡的哀愁，而被参赛者唱出来却展示出一种强烈的伤痛，甚至不惜提高音调进行"哭诉式"的演绎，也与原曲的真正内涵相去甚远。由是观之，正确把握歌曲内涵，营造歌曲应有氛围，是湖南歌手演唱流行曲所要着力重视的。

种种迹象表明，没有属于自己的原创歌曲，将使歌坛发展"四面楚歌"，青歌大赛这样的赛事在湖南举行也毫无意义。在目前的条件下，要以歌曲原创带动歌坛发展是比较困难的，但如果我们善于将外地及国外的优秀歌曲进行重新填词编曲，为自己所用，将较好地起到由唱别人的歌向唱自己的歌转变的一种跳板作用，改善目前的落后状况、被动局面。

既然是通俗组比赛，就应采用通俗唱法。获得总分第二名的《天苍苍，地茫茫》无论从作词、作曲还是歌者的演绎方面来看，都明显属于民族歌曲、民族唱法的范畴。虽然说通俗、民族、美声三种唱法之间有时无法明确界定，但若允许如此明显的民族唱法歌曲进入通俗组决赛，对于真正的通俗唱法参赛者来讲无疑是不公平的。此外，很多湖南歌手在普通话音准方面还亟待改进。

新时代的流行音乐尤为注重歌手的台风、气质、演唱风格是否合观众口味，但众评委似乎对此不甚重视。

此外，青歌大赛作为全省数年一度、最具权威性的歌坛赛事，赛前宣传很是不够，以致很多优秀歌手与之失之交臂，是为一大遗憾。

（原载湖南《长沙晚报》"流行话题"栏目）

推读 13

让湖南歌手唱"自己的歌"

　　兴起于 20 世纪 90 年代初的港台歌曲风靡整个华夏大地，以北京为中心的北方歌坛和以广东为中心的南方歌坛，正在进行适应性的变革。在此形势下，湖南歌坛怎么办？

　　湖南歌坛一直都处于比较不景气的状态。这些年以来，似乎没有几位湖南流行歌手在湖南歌迷心中留下深刻印象，更不用说走向全国。原因在哪里？笔者以为，如果没有属于自己的原创歌曲，永远都将是人家的影子。

　　歌坛的成熟，一个重要标志是一大批优秀歌手深入歌迷心中。歌星得以走红歌坛，很大程度上有赖于成功地演唱高质量的歌曲，而这些歌曲，不应是人家已经唱红了的，只有新人新曲的完美结合，才能令人耳目一新。令人遗憾的是，湖南歌手目前几乎接触不到本地的原创歌曲，一直都在唱"别人的歌"。

缘此，期待各方面通力配合，把搞歌唱大赛的热情与力量多分一些到搞歌曲创作活动方面来，如定期在湖南举办周期短、影响力大的原创歌曲征集活动，并透过各种媒介进行宣传推广，同时，举办原创歌曲演唱比赛，让湖南歌手多唱"自己的歌"，以弘扬湖南的流行音乐文化。

（原载湖南《长沙晚报·文艺零谈》）

推读 14

令人费解的签约

湖南流行乐坛能有今日的勃勃生气，来之不易，可喜可贺，谁都打心眼里不愿意去泼什么冷水。可有些现象，如果见了不说就是不负责任的表现，出于对湖南歌坛的爱护，有时候冷水也还是应该泼一点的。

近闻四位歌手同时与省内某音像出版发行总公司签约，其气魄就是广州的一些大公司也自愧弗如。然而，气魄诚可贵，数量价更高，若为质量故，二者皆可抛。不知这家公司对自身和歌手的实力做了详细的评估没有？假若单凭热情，搞一两次新歌发布会，三五次歌唱比赛，就企望硕果累累、遍地开花，那是不现实的。倒不如精选一两个歌手，集中财力和精力去打造，成功的把握更大。

　　我的担心并不是毫无根据。四位签约歌手中,湖南歌坛"旗手"不在其列。他始终不愿以这家公司的签约歌手面目示人,原因也许是多方面的,但他对这家公司的实力肯定持怀疑态度,因为单从签约的"气魄"就可看出端倪。

　　市场是无情的,它不仅会证明歌手的失败,也会证明歌手的失策。从热热闹闹的首发式和四位歌手的签约仪式,我从中品味到的不仅仅是欢乐,还有悲哀。签约、签约,让我欢喜让我忧!

　　　　　　　　　　(原载湖南《长沙广播电视报·七日谈》)

话题 F

湖南造星与乐坛往事

说到这一幕，便又要说到湖南卫视。作为一个湖南省会长沙人，长期耳濡目染湖南特别是长沙的娱乐文化，有着不一样的感受。

从《超级男声》到《快乐男声》，到后来的《我是歌手》，从平民选秀到音乐竞技赛，这些年，湖南卫视真是玩出了创意。

《快乐男声》，简称"快男"，是湖南卫视与天娱传媒从2007 年起针对年满十八岁的中国男性大众歌手举办的平民音乐选秀节目，前身为湖南娱乐频道在 2003 年开始举办的《超级男声》。

《快乐男声》举办了 2007、2010、2013、2017 四届。

节目保留了在《超级女声》中的无门槛海选、大众评审参与等内容，让更多的优秀选手有机会参与进来，为那些喜欢音乐、怀揣梦想的人们提供了展示自己的平台。

当年，男声女声选秀赛留下了许多令人玩味的经典故事。譬如，"毒舌"评委对歌手的刺激，造就了多少收视率新高啊！这可与央视青歌赛的循规蹈矩大不一样。

"超级"系列选秀赛选出了许多新人，这些新人也通过选秀赛这一平台受到瞩目，甚至走向成名。可是你看，即便是冠军歌手，有的也只能是借助流量成为晚会歌手，无法与过往那些真正的名歌星相提并论。

文艺与纯粹的娱乐，真的是有天壤之别啊！哪怕这两者在表现形式上有所相似，可是最终的结果绝不会一样。有时候，你真不得不对此充满慨叹！

那些流星，哪怕每日穿梭不息，也只是流星而已。

选秀赛，属于平民，从本色表演到赛事包装，越来越华丽。而今天的演唱竞技赛，属于明星，一路过关斩将，精彩无比。不同的比赛，在不同时代，把湖南电视人的聪明才智发挥得淋漓尽致。

不仅如此，还有湖南卫视的跨年演唱会，成为将自身打造出来的流量明星进一步推向市场的推动力，形成持续性的继往开来的"星力量"。

说到湖南歌坛，这已是往事，而且只是轻轻的一缕云烟。

为什么会有湖南歌坛一说？因为这里曾有湖南金蜂音像出版社，作为推介歌手及其歌曲的一个平台。这是一个隶属湖南广电集团的音像出版社，所以有着唱片公司的某些特征，曾经为湖南人所熟知。

如果没有唱片公司，那几乎是谈不上什么本土歌坛的，因为歌手和歌曲完全没有将自己推出去的渠道，更不用说专业的打造了。

出自湖南的歌手，有的去南边发展，有的去北边发展，只有极个别是比较纯粹的湖南歌坛歌手。

风起云涌的南北歌坛，异彩纷呈，可圈可点。而对于随着南北歌坛勃升力图发展自己的湖南歌坛，也有过签约歌手，也有过一两首好歌，但始终没有掀起多大波澜。

倒是更早时候的湖南歌坛，出名于20世纪80年代的湖南的第一代流行歌手演唱了《乡里妹子进城来》，这是一首用长沙方言演唱的湖南民歌，却被用通俗唱法唱红了，在当时那个几乎没有什么包装之术的湖南歌坛，确实是一个奇迹。

"乡里妹子进城来，乡里妹子冇穿鞋，何不嫁到我城里去，上穿旗袍下穿鞋。城里伢子你莫笑我，我打赤脚好处多，上山挑得百斤担，下田拣得水田螺。"《乡里妹子进城来》收录于专辑《中国纯美民间小调集》中。

此歌源出湖南邵东，流传很广，塑造了一位打着赤脚、纯洁质朴的乡里妹子的美丽形象，歌唱了她热爱劳动、不爱富贵的美好心灵与自信自强的品格。歌曲曲调流畅、风趣，充满了浓郁的生活气息，使用通俗唱法加上部分方言传唱后，更加深受人们的喜爱。

湖南歌手也翻唱过诸如《寻梦园》这样的台湾歌曲，在那个时代已经是非常难得的突破了。

湖南歌手也参加过全国青歌赛，湖南籍评委总会给出最高分。在青歌赛上亮全场最高分，虽然最后会被去掉，但是终归还是会拉高平均分。

本地籍评委对来自家乡的歌手爱护有加，给高分也在情理之中。这也是青歌赛收视率高的原因之一，多多少少有些争议现象。哪个评委给了多少分，符不符合观众意愿，这其实也是当时观众看青歌赛时的热点谈资。

而早期的湖南歌坛，《挑担茶叶上北京》《洞庭鱼米乡》等都是将民歌唱出了通俗歌曲的韵味，得以流行与流传。

"桑木扁担，轻又轻哎，我挑担茶叶，出啊洞庭。船家他问我是哪来的客哟，我湘江边上种茶呀人。"《挑担茶叶上北京》的音乐，以湖南城步苗族自治县与广西资源县一带流行的苗族民歌音乐为基本素材，根据不同曲调精心创作，入围"唱响 70 年·我喜爱的湖南金曲"。

此外，《挑担茶叶上北京》演唱者演唱的电视剧集《济公》主题曲，更是诙谐生动、脍炙人口，"鞋儿破，帽儿破，身上的袈裟破"，将传奇的济公形象传神地展现在人们面前。

　　作为文化娱乐胜地的湖南，虽然至今没有属于自己的流行音乐成熟机制，然而，也曾有过自己的辉煌与经典，也曾有过积极的探索与奋斗。

银屏观澜篇

由几十年前同名电影衍化而来的舞剧《永不消逝的电波》，在上海美琪大戏院已奉献数百场演出。这电波，串起几代人的电影回忆！

　　"电波热"再次掀起。由中央广播电视总台与中国电影资料馆联合制作的我国首部黑白转彩色4K修复故事片《永不消逝的电波》，已经在全国院线上映。不仅如此，《永不消逝的电波》还被拍摄成电视连续剧在央视播出，并以舞台剧形式登上央视《故事里的中国》特别节目，让人为恒久的"电波"深深震撼。

　　而中国广电"重温经典"电视频道面向全国有线电视和直播卫星电视用户开播，将《四世同堂》《射雕英雄传》等经典影视剧进行画面修复后再次呈现。

　　影视片，是伴随着众多七〇后、八〇后成长的文化生活摇篮，是多少人铭刻于心的青春记忆。

推读 15

双奖电影节聚焦

中国金鸡百花电影节迄今已"梅开三度"。三个承办地点桂林、广州、长沙都是南方城市,这似乎在昭示着文化与经济发展相辅相成的关系。

为了承办第三届"双奖"电影节,潇湘电影制片厂厂长老早就北上请缨,获批之后又因湖南的洪灾延误了新闻发布会。为了把握好得之不易的承办此次电影节的机会,湖南方面展开了极强的宣传攻势,长沙的大马路上到处悬挂着五颜六色的电影节宣传彩旗、横幅,长沙市六十七家文化娱乐单位在市内主要街道上摆摊设点,分发电影节宣传资料,长沙市委大楼前的人行道两侧立起了六十多块大型的电影节宣传展板。在长沙生活多年的市民纷纷称,从未见过这般的文化活动的喜庆气氛、热闹场面。此届"双奖"电影节的确做到了"热热闹闹"。

电影节与电影，原本不是两个矛盾的概念。然而，在电影节越办越多、越办越热闹的同时，电影却失去了越来越多的观众，电影在人们心目中的地位日益下降。据悉，在承办此次"双奖"电影节的湖南，近三年来电影放映场数减少了三分之二，观众减少六分之五，放映发行总收入均减少一半以上。在中国电影"最危险的时候"，如何面对严峻的现实，自然成为本次电影节焦点中的焦点。中国电影家协会副主席在接受采访时承认，中国电影目前正处于低谷时期，即使是看起来办得热热闹闹的电影节其实也只是一种假象。他认为中国电影走出低谷需依靠"发行渠道通畅""电影质量提高"。湖南很多重要媒体在电影节期间对中国电影现状的抨击更尖锐。一家电视台在播发电影节期间"中国电影九十年：历史与现状"学术研讨会的新闻时，毫不客气地用"没落"一词形容中国电影现状，并质疑："电影理论家们的建议和意见，那些大导演和大明星们还听得进去吗？"可谓一语破的。

因为中国电影的萧条，"双奖"电影节对于更多人而言，充其量只能是流于"看热闹"，更不会如此间有关人士那样紧张于"颁奖"的权威性。11月8日的"双奖"颁奖晚会上，当"双料影帝""双料影后"手持奖杯欣欣然之时，可曾想过那些正为他们的成功而欢呼的人们当中，其实又有多少人知道他们究竟是凭借哪个角色而获奖的？更不用说看过或熟悉他们在电影中的表演。

电影节上的另一个引人瞩目的焦点是，"新一代导演"的新作及其旗下曾在上届"双奖"电影节中出尽风头的"大腕明星"，此次从提名名单中就开始销声匿迹。此种现象耐人寻味，尽管有关人士曾就此给过"说法"，但都无关痛痒。

"双奖"电影节期间，香港长城、凤凰、新联及银都四家电影公司影片回顾展亦作为三个影展之一在长沙开幕，展映《三凤求凰》等八部港产影片，很有点打擂台的味道。

（原载广东《羊城晚报·港澳海外版·影视天地》）

推读 16

议一议《铁道游击队》

　　"不惜血本"请明星，这在现时的影视界已经成风。直至近期传媒大肆渲染的重拍影片《铁道游击队》，更将此风刮到登峰造极之地步，令人咋舌。

　　这部影片请到的明星数目，足可令诸位之十指统统派上用场。在明星叫高价的今天，请这么一大帮明星，花去一大笔演出酬劳，恐怕也是在所难免。不过，那影片制片人是绝对不会做亏本生意的。你想想，一部新《铁道游击队》，可令爱看明星的观众得到充分满足，尤其是可令爱看偶像明星和搞笑明星的观众统统得到满足，如此一来，那票房收入数字又怎会不"芝麻开花节节高"？或许，这就是所谓"明星效应"。

　　看来，明星汇聚且"种类齐全"，可以保证新《铁道游击队》在经济效益上大获丰收，这是明星效应的一个方面。但新《铁道游击队》在社会效益方面的明星效应又当如何呢？这问题恐怕不可回避。

不能不承认，新《铁道游击队》的"明星阵容"也实在太庞大了，庞大得离谱，以致众多观众抱着一种"看明星"的异样心态去看这部片子，大大打破了人们头脑中正常的影视片观赏思维秩序。而那种很大程度上以知名度优先，而不问其是否能胜任相关角色的演员选择标准，使人无法对其社会效益有过高期待，而它的根源，正是"以明星推动票房"的"整体策略"。或许有人会说，明星们会超越其过去的银幕（舞台）形象特征。然而，这种努力的效果究竟会有多大呢？更何况，人家究竟有没有做出这种努力，或者干脆说有没有想过要做出这种努力，这对你我来讲还是个未知数。至少，那些抱着"以明星推动票房"理念的"主事者"们，大约是不会积极主动地去动员明星们做此类无益于票房的"努力"的罢。

明星效应一旦与"金钱"两字热乎到如胶似漆之地步，那它也就必然要走向堕落的深渊。

（原载广东《羊城晚报·港澳海外版·想说就说》）

推读 17

失之交臂的辉煌

当年看《阮玲玉》，饰演"阮玲玉"一角的首选人选因突然变卦不能出演，才改由现演员饰演。《阮玲玉》中穿插有阮玲玉出演之原版电影的镜头。凡事都怕比，一比就比出许多遗憾。平心而论，演员的脸形、神态、身材乃至性格、气质，毕竟与真实的阮玲玉有较大的差距。这些，在同一影片片段的不同表演中暴露无遗。于是，深深为《阮玲玉》一片感到惋惜。如果最初选中的演员出演此片，借助与阮玲玉神形兼似的优势，当会使表演更近乎完美，亦极有可能借此片再获"金马影后"殊荣。只不过，这一切都只是"如果"罢了。

后来又有《霸王别姬》，在东南亚火爆得很，不过《霸王别姬》最终只是问鼎"金棕榈"，并未如愿以偿进军"奥斯卡"。

饰演"程蝶衣"一角的首选人选，影片导演原本有更青睐的人选，只不过因其开价太高，请不动。但以其在国际影坛上的知名度，若出演程蝶衣一角，且不论其演技将如何，单凭国际知名度和借助程蝶衣的角色风采，就可能使《霸王别姬》取得更加骄人的成绩。须知国际影坛，尤其是"奥斯卡"这样的大奖，很大程度上是受"名人效应"影响甚至支配的。

一个演员，有可能凭着一个角色就可以使自己的事业从低谷走向辉煌，或从辉煌走向更辉煌。失去了饰演一个好角色的机会，无疑也就失去了一次创造辉煌的机会。而一个演员，哪怕演一辈子戏，所能遇到的这样的机会也实在是少之又少。此种机会对演员的重要性，当然可想而知了。

合适的演员，优秀的题材，结合在一起往往可以相得益彰，制造辉煌。所谓"合适的演员"，往往又只能是经导演多方面考虑后得出的首选人选，"退而求其次"者，总是有着这样那样的诸多缺憾，而选角的缺憾无疑也是整部影片的缺憾。

一个演员的成功，始于他（她）对角色的选择。

（原载广东《羊城晚报·港澳海外版·想说就说》）

话题 G

电影院的休闲时光

电影绝对是最为大众化的艺术，它与流行音乐有所不同，流行音乐有时更多受到年轻群体的欢迎，而电影各年龄层受众都有。

因此，关于电影，有了更多家庭的共同记忆。

从孩提时起，和家人一起去电影院看电影，往往是周末家庭聚会的最好方式。

那个时候，长沙的电影院的命名多与革命相关，如红色剧院、红旗剧院、劳动剧院等，人民路上有家电影院，叫作"建设电影院"。现在，这些传统电影院基本上都已消失，今天的影院大多设在高楼大厦中，和原来的电影院是两码事了。

那时，买电影票是现场买，甚至没有电话预约，都是直接到电影院的窗口去买，小黑板上会写当天有什么电影。

电影院很大，就像单位俱乐部一样，座位分为左中右三个区域，前后也分两个区域，总共是六大块。有的影院还有楼上的座位。座位没有软包，不像现在都是小剧场沙发椅。

每到周末，一家人吃完晚饭，一起步行到电影院去看个电影，在那个文化生活贫乏的年代，曾带给很多的家庭许多温情。

那些年的电影，从黑白到彩色，从四周有弧度的窄屏到宽银幕电影。而学校也时常会组织看电影，票价更优惠。座位位置一般是卖票的在一大版像邮票一样的电影票里，扯给你哪张就是哪张，没得选择。

最好的位置，是电影院中间区域的十几排的中间位置，这个位置看电影，就在正中间，离电影银幕不远也不近，正好。有时候也会遇到一家人票的位置不在一起的，这就要和邻座去商量。

最开始看得多的，是八一电影制片厂、峨眉电影制片厂等单位拍摄的电影，黑白的再到彩色的。八一厂的影片片头，由一颗五角星闪着光芒，将"中国人民解放军八一电影制片厂"字样推送出来，气势磅礴。

像《永不消逝的电波》《闪闪的红星》等这些战争题材电影，都是八一厂拍摄的。

还有《少林寺》《少林小子》《武当》《自古英雄出少年》这些武打片，掀起了武打片的热浪，都让人印象深刻。

　　《少林寺》是由中原电影制片公司制作的一部动作电影。该片讲述了隋唐年间，著名武术家神腿张抗暴助义，遭王仁则陷杀，其子小虎幸被少林武僧昙宗救出，小虎为报父仇，拜昙宗为师，取名觉远，于少林习武，并落发为沙弥的故事。1982年，《少林寺》作为第一部在香港上映的内地电影，票房很快突破了千万港币，在内地同步上映后，很快风靡全国，掀起了功夫热。

　　《少林寺》的热映捧红了电影中的主要演员，尤其是会真功夫、相貌英俊的男主角扮演者一跃成为家喻户晓的明星，风光无限，一度盖过了香港当红的武打演员。一夜之间，大江南北、长城内外，武术热潮经久不衰，《少林寺》写下了中国武侠电影史上辉煌的一页。

　　观影是个视听享受不断提升的过程，因为，电影的发展也有赖于技术的进步。

　　虽然很多黑白电影拍摄于20世纪70年代以前，但是作为七〇后的我们还是同样可以看到以前的黑白经典。

　　国产黑白电影以战争片为多。《南征北战》以生动的艺术手法，表现了解放战争的胜利。《平原游击队》里面的主人公李向阳，至今还是记忆中一位有着传奇色彩的游击队长，影片塑造的人物形象特色鲜明。

　　《冰山上的来客》是一部始终给人以神秘感甚至惊悚感的黑白电影，里面的杨排长也像李向阳一样，是个特色鲜明，给人留下深刻印象的战斗人物。《烈火中永生》中的小萝卜头是个有血有肉的人物，可爱乖巧，和片中江姐等英雄人物一起，反映了可歌可泣的为革命献身的视死如归的精神。

《永不消逝的电波》作为一部经典黑白片，讲述了无线电波架起的上海和延安之间的"空中桥梁"。主人公李侠面对敌人的枪口，以坚毅的目光发报，伴随着电波声音，这一经典镜头，令人难忘。当李侠吞下电报稿，并深情地发出最后一封电报："同志们，永别了，我想念你们！"不知感动了几代观众。

除了战争片，黑白生活片给人留下印象深刻的也不少。像小时候看的体育生活片《大李小李和老李》，民警生活片《今天我休息》等，都曾在电影院里带给人们开心的笑声。

《大李小李和老李》是天马电影制片厂摄制的体育题材喜剧片。该片讲述了肉类加工厂的大李和小李想方设法带动工人参加运动，却得不到车间主任老李的理解，经过一番挫折后，老李终于改变想法积极参加锻炼的故事。

三位主人公大李、小李和老李，各自有着鲜明的个性和独特的生活态度，共同构建了一幅丰富多彩的社会生活画卷。这部电影以轻松愉快的方式，展现了当时社会中人们的生活状态和人际关系。电影中的人物形象鲜明，剧情设定巧妙，将观众带入了一个充满欢笑和温暖的世界。这部电影不仅仅是一场视觉盛宴，更是富有深意和人文关怀的作品，展现了当时那个年代人与人之间朴实的情感和积极向上的生活态度。

虽然只是黑白片，可是不能不说，当年的影片本身的内涵和演员表演水平，已经完全掩盖了硬件技术上的不足，一批老电影表演艺术家就是在那个特殊年代诞生的。

再到 20 世纪 80 年代，彩色电影就比较多了，轻喜剧类型的《小小得月楼》《咱们的牛百岁》等都深受欢迎。

还有立体电影。早期的立体电影，给人印象最深的是 20 世纪 80 年代的《欢欢笑笑》，这是我国第二部立体电影，惊险刺激的杂技镜头，通过带有立体感的画面进行表现，让人感觉片中的气球可以伸手拿到，竹竿马上会触及鼻头。正如片名一样，当时看这部影片时，整个电影院里都充满了欢声笑语。

当时的立体眼镜是副纸框眼镜。《欢欢笑笑》虽然因当时的偏振式技术限制了立体观影效果，但从那以后，立体电影就开始迅速普及。到了今天，立体电影已经升级好几代了，各种叫法层出不穷。

说到电影，就要说到挂年历，这是我们孩提时代的新春习俗。年历，象征着喜庆，也给当年以电影生活为重要文化生活的我们带来生活的趣味。

电影明星年历，在 20 世纪 80 年代十分普遍。那些电影里面的明星，硕大的大头像印在每月一页的年历上，挂在千家万户的房间里，这无疑是电影与老百姓家庭的另一种朝夕相伴。

一个时代一种文化，没有电影明星年历在那个年代是不可想象的。而今，电影的影响力日趋减弱，年历也逐渐淡出人们视野，电影明星年历也就成为过去。

那些在电影年历上出现频率最高的明星，你可还记得？那些满脸胶原蛋白的男女影星们的面庞，还有武打影星们的武打招式，都还深深印在人们脑海里。

而此后不久的 20 世纪 90 年代初期，《双奖电影节聚焦》这篇报道，呈现了一种全新的电影境况。

"双奖电影节"，即中国金鸡百花电影节，创办于 1992 年，由中国文联和中国电影家协会联合主办，每年在中国大陆各城市轮流举办，是中国大陆最专业、最具代表性的电影评奖活动之一。

中国金鸡百花电影节，作为中国电影界一年一度的盛大节日，是集电影评奖颁奖、中外新片展览、学术研讨、国际文化交流和文艺演出于一体的全国性大型文化活动。

"金鸡奖"评选当年公映的影片，设最佳故事片、最佳纪录片、最佳科教片、最佳美术片、最佳戏曲片，最佳男主角、最佳女主角、最佳男配角、最佳女配角，最佳编剧、最佳导演、最佳摄影、最佳美术、最佳音乐等奖项。

"百花奖"由中国电影家协会创办于 1962 年，是由中国发行量最大的电影刊物《大众电影》杂志社主办的一年一度的群众性评奖。百花奖由《大众电影》发放选票，由读者投票评奖，各项奖均由得票最多者获得，只设有最佳故事片、最佳男女演员、最佳男女配角五个奖项。

为了适应改革开放新形势的需要，经中共中央宣传部批准，从 1992 年起电影金鸡百花"双奖"评选活动改办为"中国金鸡百花电影节"，先后在桂林、广州、长沙、北京、昆明、佛山、重庆、沈阳、南宁等城市举办。

随着港台文娱向大陆渗透，以及大屏幕彩色电视机走进普通家庭，我们所说的电影的大众化已逐渐式微。电影不再那么受欢迎，并不完全是电影本身的原因，而是与当时其他文艺生活形态的潮起潮落，与整个时代的背景息息相关。割裂地去看，既不客观，也不公允。

《失之交臂的辉煌》这一评论，表明了演员对于影片的重要性。角色选择演员，演员选择角色，对电影上座率或者演员演艺生涯来说，很可能都将是决定性的。

而《议一议〈铁道游击队〉》则更深刻地揭示了趋之若鹜的电影明星阵容打造对于一部影视剧的影响作用。至今，这种现象在电影屏幕上仍然可以看到，甚至在一些主旋律片中可以看到。

随着时代的变迁，人们的生活方式和审美也有了一定的变化。就像央视春晚一样，如今，想要再次找到刚开始那种纯朴简单的风格，是不可能的，而今天的电影，也不可能再回到 20 世纪七八十年代。

推读 18

"电视人"与"电视商人"

随着《康熙微服私访记》等多部电视剧的"走红",某位"电视商人"在圈内声名鹊起,他的工作就是投资、拍片、赚钱。可就在他大力地"戏说",大把地"抓钱"的时候,遇上了两件他没想到的"烦恼事"。第一件没想到的事,是他投资拍摄的电视剧《风流才子纪晓岚》由于过于荒诞,以及涉及民族问题,送审被"卡"。这样,被炒得沸沸扬扬的这部片子不能及时播出、及时赚钱。对于这位"电视商人"来说,这实在是出乎意料。

拍了那么多的"戏说",都挺好的,怎么这回就"戏说"不得?

第二件没想到的事,是他准备投资拍摄以震惊全国的张君犯罪团伙持枪抢劫杀人案为素材的电视剧,结果,这一意图受到该案主要案发地之一的重庆市市民的强烈反对。《重庆晨报》反馈的民意表明，重庆人十分反感将这一血腥事件在电视作品中重现。对此反应，这位商人也是连称"没想到"。

这位"电视商人"为什么会有如此多的"没想到"？确实，他以前所投资拍摄的电视剧实在是太"顺"了，以至于他不能适应这种接二连三出现的"不顺"之事，而造成这种"不顺"的，不是别人，正是他自己。可能从他的思维方式来看，像他这样的"电视商人"无非就是个商人，做电视剧、卖电视剧，和做电视机、卖电视机没有什么区别，可他忘了重要的一点：电视从根本上来说，是一种文化，是一种有品位的文化，是民族文化、群众文化，电视作品一旦损害民族感情、受众感情，就必然通不过。而他可能没有想到过这些，作为一名"电视商人"，他所想的，可能只是如何去创造"轰动效应"，而没有想过"电视还是一种文化"。

某著名影人在参加首届金鹰电视艺术节接受记者采访时，就比较隐晦但也不失明了地透露他在此类问题上的不同看法，我以为，这就是"电视人"与"电视商人"的不同之处："电视人"更多地从电视的角度去看问题，而"电视商人"却更多地从商业的角度去看问题。所幸的是，电视最终必然是要服从于电视本身的某些最基本的东西的，因此，在这一"基本准则"的作用之下，"电视商人"的行为将得到进一步规范。那样，我们的电视荧屏也将更加纯净。

（原载湖南《长沙晚报·文艺零谈》）

推读 19

话说收视率

　　最近的电视荧屏，很让人对明星的号召力产生怀疑：一部由当红电视节目主持人主演的《快嘴李翠莲》，重蹈了年轻的男女名演员主演的《侠女闯天关》的覆辙，结果反应平平；由《永不瞑目》男女主演参演的新电视剧，已在湖南的电视台开播，尽管电视台大造声势，但该剧没有多大受欢迎的迹象。另一方面，一部没有什么明星参演的《皇嫂田桂花》却获得较高的收视率，成为近日湖南电视荧屏的新焦点。

　　名演员能使一部电视剧更加引人注目，但也仅仅是"引人注目"而已，如果以为炒作就能够赢得收视率，那实在是一种认识上的误区。越有名演员参演，越是大加炒作，观众对电视剧的期望值就越高，而一旦电视剧本身不能抓住观众，那么，也就会使观众"希望越大，失望越大"，从这个意义上来讲，请名演员拍电视剧，虽是一种"机遇"，但同时也是一种"风险"。

名演员之所以成为名演员，是因为他们已经具备"促销"电视剧的一定的功底，他们就能让好的剧本、好的编导的优势得到淋漓尽致的发挥。但是有两个很重要的方面往往被忽视：一是，名演员的作用只有在"好的剧本""好的编导"这一基础上才能得到较好的发挥，而现在为数不少的电视剧缺乏的就是这种基础，由于过于依赖"名演员效应"而直接导致忽视各种"基本功"的锤炼，从而为明星所累，为明星所毁；二是，名演员并不是万能的，其所依靠的是某一种非常符合自身条件的荧屏表现，这种成功具有一定的相对性和随机性，而一旦新的电视剧不能再次赋予其较为符合自身条件的角色，名演员本人要想"重铸辉煌"也就不太可能，而电视剧拍摄单位想借名演员提高收视率的"美好初衷"当然也就只能泡汤。

因此，我们看到：当清纯不羁的"肖童"扮演者在新出演的电视剧中被打扮得油头粉面，未能再次进行本色表演的演员无法使自己和新剧增辉添彩；由于没有了"肖童"稚气形象的衬托，其他演员在新剧中的稳重成熟也就失去了原有的魅力。除了打闹再没有其他内容的粗糙的电视剧本，使《侠女闯天关》和《快嘴李翠莲》缺乏像《还珠格格》中那样鲜活的群像和或柔情或惊险的故事情节，也使出演电视剧的明星的特长不能得到好的发挥，甚至只能被视为是做作的表演……

　　明星与收视率是个什么关系？我想，对于那些想创造"明星效应"而最终"赔了夫人又折兵"的电视拍摄单位来说，他们自己一定可以得出最好的结论。

（原载湖南《长沙广播电视报·荧屏茶座》）

推读 20

换了角儿，乏了味

　　古装剧拍续集成了现在的时髦，而换主角又成了这时髦中的时髦。《皇嫂田桂花》挺好看，可续集中的主演换了人；《少年包青天》中的"包青天"，据报道在续集中要换人；总算说要拍《还珠格格》第四部了，可相中的"小燕子"却不愿再次出演；好不容易据说要再拍《康熙微服私访记》了，可该剧第三部中就射死了"宜妃"，新剧中"宜妃"也绝不可能再以同样角色出现……

　　换了角儿，当然也就乏了味儿。你能接受不是"胖嫂"的"田桂花"吗？你能接受没有"形体优势"的新"少年包青天"吗？至于没有了宜妃斗嘴吃醋的《康熙微服私访记》，没有了"大眼睛"的《还珠格格》，其乏味程度更是可想而知。

收视率高的电视剧拍续集，其目的还不就是图个收视率"再创新高"？可要想"再创新高"，就得有个延续性，而换了角儿，与观众心目中的"先入为主"对着干，其实也就抽掉了续集赖以继续引人注目、受人欢迎的"精髓"，所谓"皮之不存，毛将焉附"，虽不能说新剧就肯定不再受欢迎，至少要让观众去重新接受难度很大，再受欢迎的可能性也就小了很多。

《康熙微服私访记》第二部中的"三德子"换了人，观众收看时就总觉得不如以前，总之味道有点不对头。配角尚且如此，换掉主演又当如何？尽管原因这样那样，可换角的事实和后果总还是不可避免，制作方对中国电视剧本身某些特点的不清楚、不重视无疑是一大顽症。

（原载湖南《东方新报·观众情绪》）

推读 21

《母亲》的精神

　　老式收音机、粘在墙上的奖状，还有已经停止使用的第三套人民币……当这些熟悉的事物出现在观众眼前，《母亲》这部剧集自然也就很快地把每个有着怀旧情愫的人吸引住了。

　　但《母亲》的真正抓人之处，并不在于这些 20 世纪六七十年代的旧物，而是片中所映射出的深深的母爱。《母亲》所讲述的，首先是一个母亲怎样在一个贫苦的年代，把三个孩子拉扯大的故事。剧中母亲遇到的最大困苦，是儿子红兵患上了血友病——一种要花很多钱治疗的大病。故事围绕这条主线展开。正因为要花钱，母亲改去卖菜，以便弄些菜叶回家；父亲改去离家很远的地方当站长兼做苦力；姐姐卖了自己的辫子以换回些"年货"，还拼命写稿挣钱；而红兵自己干脆吐了血也不作声，因为他知道告诉妈妈也无济于事——家里已经没钱给自己治病了。因为红兵的病，贫苦的家庭愈加贫苦。所幸的是，家庭的温暖却从中得到升华，家中的每个人都为家庭付出，而这个家的主心骨，便是伟大而平凡的母亲。她想尽办法东借西凑给红兵看病，最终不得不靠卖血来维持一家的生计，而远方的孩子外婆因等不到她寄来的哪怕一两块的"过年钱"而自寻短见，使她留下终身的悔恨。

在那个物质贫乏的年代，人的精神却并不贫乏。剧中这个家庭的精神很可贵，特别是姐弟兄妹间的互助精神，这都源于母亲的榜样作用。更重要的是，母亲教会了他们应该怎样做人，怎样去珍惜手足的情谊、家庭的和睦。

在现时这个物质相对富足，而人的精神却相对贫乏的年代，要做一个好母亲，要维系一个家庭的和睦或许更难，或许有更高的要求，因此在感怀过去的同时，我们又对现在有了更多的思考。

（原载湖南《长沙晚报·观众席》）

推读 22

"宫廷民间剧"的成败

"宫廷民间剧"近年来走红电视荧屏，近日湖南荧屏就有两剧：《皇嫂田桂花》和《尚方宝剑》。然而两剧命运却完全不同，被电视台极度看好的《尚方宝剑》令人不可忍耐，而稍后几日播出的《皇嫂田桂花》正好催人转换频道。

说白了，《尚方宝剑》无非是《康熙微服私访记》的翻版——只可惜是拙劣翻版。翻版剧其本身就缺乏新鲜感。《尚》剧死死落在一个主角、一个爱吃醋的女子、一个跟班闹"三角"的俗套之中，让人感觉不是滋味，倒不如看《康》剧的狗尾续貂来得直接。反观《皇》剧，虽然也是宫廷民间剧，主角配角却倒了个个儿，卖菜的田桂花成了主角，太子成了配角，这样一来，就出了彩，也跳出了此前宫廷民间剧的旧框架，让人耳目一新，这种"平民化"尝试使人更觉亲切。

《皇》剧的剧情较之于以往的宫廷民间剧也有了新意。它以"太子向皇上误送毒梨"为引子，引出了太子出逃避险并与田桂花等民间人物相遇、相识、相交的一系列故事，它的表现手法是"轻喜剧"式的，但没有喧宾夺主、牵强附会，让人看得开心，看得舒心。而《尚》剧，纠缠在为民请命、与匪相斗之类的情节上，本应作为主要故事情节的钦差借尚方宝剑之威追查国库被劫案这一主线，却被编导有意"忽略"，这也就使该剧完全失去了自身的情节特色，使本应可以"做做文章"的内容未能得到足够展开。

更让人失望的是，《尚》剧选用了两个不会演喜剧，恐怕也从没演过喜剧的老演员来担纲主演，来搞笑，那种不尴不尬、矫揉造作的效果实在是让人不能忍受。剧中"马兰花"呆板的形体动作、木讷的面部表情，再加上钦差大臣干叫式的"怒吼"，令人想问"尚能饭否"。而《皇》剧，田桂花的饰演者也许不那么"名声在外"，但由里至外的灵活表演很能吸引人。确实，像这种没有"名角"的新片才是电视荧屏的新亮点。

（原载湖南《长沙晚报·观众席》）

推读 23

一个 "微不足道" 的人物

电视剧《一级恐惧》描述了一个名副其实的恐怖场面：东北地区十八里坡，因为村民不慎打开了当年日军埋下的两个装满病菌的瓶子，引发了一场疫情，人们不得不进行着一场与死亡搏斗的"战争"。然而，整个电视剧看下来，给我印象最深刻的，并不是其中的任何"主要"人物，而是一个偶尔穿插其中的很不起眼的防疫站站长。

正是这个防疫站站长，扯断了防疫站办公室的电话线，致使十八里坡打出的求助电话不能得到及时的回复，直接延误了疫情的控制和患者的治疗。为什么他要扯断电话线呢？原因竟然是防疫站的另一个成员的一篇论文即将在省报上发表，报社可能通知那位成员去看小样，而防疫站站长嫉贤妒能，"深恶痛绝"地扯断了电话线，也把十八里坡村民的生死抛在了脑后。

还是这个防疫站站长，当站里需要派出人员到十八里坡参加救援工作时，他赶紧把两个下属推出去，而且还美其名曰："你们先去看看情况。"后因形势所迫，他终于也来到前线，而他的"表演"也更加"精彩"。为了不承担责任，他极力阻止进行旨在延长患者生命，但有一定风险性的实验，当实验完成后，他又非常"认真"地向市委书记表明，参加这个实验的还有他。

非常感谢编导刻画了这个"微不足道"的人物，它的意义甚至超过了影片主题。毕竟，像防疫站站长这样的人物，确实来源于我们的现实生活，对于社会而言，他们不是"一级恐惧"，而是"特级恐惧"，从不经意处对他们进行鞭挞，是多么必要！

（原载湖南《长沙晚报·观众席》）

话题 H

从电视机到录像厅

电视较之电影，更能反映人们生活从贫困到富足的变化。

孩提时，准确地说，当我的同龄人中很多人念小学时，家里还没有电视机，看电视要去学校里的礼堂买票看，或者去经济条件好的邻居家看。后来，小尺寸的黑白电视机开始走入寻常百姓家庭，有熊猫牌、凯歌牌等，韶峰牌是长沙的牌子，一般是十二英寸黑白电视机，乳白色的外壳，大多摆放在卧室的一角。因为当时居住条件所限，很多人家里那个所谓的客厅其实只是个饭厅，每侧墙都有门，不可能摆放电视机。

后来有了彩色电视机，长虹牌彩电、快乐牌彩电，慢慢向十四英寸、二十一英寸等大尺寸发展。二十九英寸的松下彩电上市后，被称为"画王"，受到录像厅和卡拉 OK 厅的青睐，一般人家买不起。

而今天，"长虹"还在，依然主打服务大众，实属不易。

而在彩电普及之前，有的家庭还有过一种"假彩电"，就是在黑白电视屏幕上蒙几条不同颜色的透明条，使黑白电视有了"色彩"。

这是有钱人家的"发明创造"，很多一般人家连这种"山寨"彩色电视机都没看过。

而观看电视节目，更是家庭的一大乐事，当一家人茶余饭后坐在一起看看电视，那种亲人间的温情就自然而然地充溢了整个房间。特别是冬天，大家围炉而坐，边拨弄炭火，边看电视，边闲聊，再嗑点瓜子，多么温馨，多么美好！

央视春晚就是这个时候开始的，春晚的受欢迎和当时的文化环境大有关系。

至于电视剧，从 20 世纪 80 年代初的美国电视剧集《加里森敢死队》和国产电视剧集《敌营十八年》大受欢迎开始，就进入我们的视野了。

电视连续剧《敌营十八年》是中国大陆第一部电视连续剧，由王扶林、都郁执导。该剧剧情惊险紧张，主题歌《曙光在前头》更是随着电视剧的热播被广为传唱。该剧讲述新中国成立前，共产党员江波为完成党交给的光荣而艰巨的任务，只身深入虎穴十八年。他不顾个人安危，与敌人巧妙周旋，关键时刻当机立断，急中生智，避过敌人的重重监视，一次次将情报安全送出，粉碎了敌人的阴谋诡计，终于迎来解放。

《加里森敢死队》是二十六集美国战争电视系列片，是中国最早引进的经典美剧。剧中讲述了二战后期，战争越来越残酷，中尉加里森从监狱里找来一些人，组成一支前所未有的敢死队。这些人各有所长且极具个性，抱着立功赎罪的目的加入这支队伍。他们充分发挥各自的特长，纵横于欧洲各国，深入敌后，一次次打入敌军，营救战友，摧毁敌人计划，打击黑帮团伙，把德国人骗得晕头转向，打得落花流水。由于他们的英勇表现，战争形势一步步转变。这部剧剧情离奇但合理，主角们个性鲜明，让人印象深刻。

看这两部剧集时，很多七〇后还是小学二三年级的学生，是花五分钱买票到学校俱乐部看的，坐的是板凳。

而《敌营十八年》的主题曲《曙光在前头》气势雄浑，无疑是国产电视剧主题曲的"鼻祖"了。至今，那句"胜利在向你招手，曙光在前头"还让人铭记，很是激荡人心。

后来，街上有了录像厅，用彩色电视机播放录像片，其实很多是港台武打片。录像厅会在门口用小黑板写着几点几分播放什么片子，票价多少，有几个播放厅的就多写几块牌子。

录像厅文化盛极一时，从这里，大陆人特别是年轻人接触到了来自港台的影视文化，接触到了以前从没有看到过的节奏感很强或温柔缠绵的港台影视剧。

这，就好比内地人第一次看到香港电视连续剧《射雕英雄传》《上海滩》等一样，感觉特别新奇，那种从未有过的强烈的感官刺激，用齐秦的一句歌词来说，就是"外面的世界很精彩"。

1983版《射雕英雄传》是香港无线电视台出品的武侠剧，改编自金庸同名小说。

该剧以宋、金、蒙对峙为背景，围绕郭靖、黄蓉、杨康、穆念慈四人的故事展开，讲述了郭靖在经历各种磨难后成为一代大侠以及他与黄蓉之间的爱情故事。该剧共分为三部分：第一部为《铁血丹心》，共十九集；第二部为《东邪西毒》，共二十集；第三部为《华山论剑》，共二十集。1983年2月28日，该剧在香港无线电视台首播，1985年中国内地引进了这部电视剧。

《上海滩》是香港无线电视台出品的民国剧。该剧以民国年间的上海为背景，描述了上海帮会内的情仇以及许文强与冯程程之间的爱情故事。该剧于1980年3月10日在香港无线电视首播，1985年被引进中国内地播出。因为时代的原因，在拍摄《上海滩》时，整个剧组不能进入上海拍摄，很多戏只能在香港或澳门找些接近上海风格的地方拍摄。就连许文强和冯程程在雪中相遇的那场戏，都只能在九龙塘的一条小巷里拍摄完成。

在香港无线电视举办的"80年代十大电视剧集"评选中，《上海滩》名列榜首。

《上海滩》以快意情仇的江湖故事打动了很多观众。作为影响了几代人的剧集，剧中不少经典镜头和经典形象都留在了观众心中，比如许文强在雪中为冯程程撑伞的场景等。而黑帽、风衣、白手套的"许文强"经典造型以及梳着两个麻花辫的"冯程程"发型更是成为观众对于那个纯真年代的集体回忆。

相同的文化根源，不同的表现形式和视听感受，给大陆年轻一代敞开了一扇崭新的窗口。

而随之而来的，录像厅文化也因其中的一些糟粕，给大陆年轻一代带来一些不良影响。

因此，一段时间里，"录像厅"甚至成了"不良文化传播地"的代名词，受到一定限制。然则，青山遮不住，毕竟东流去，很多事物在刚出现时都是有褒有贬，但是作为一个特定时代的产物，它终究起到了推动影视文化发展的作用。

经过这个时代，随着文化市场体系的日渐成熟和完善，它以更健康而具有生命力的形态，呈现在受众面前，推动文化向前迈进，进入全新的时代。

而同年代可圈可点的引进电视剧集，还有好几部。

《姿三四郎》于1981年由上海电视台译制播出，成为中国大陆引进的首部日本电视剧。该剧讲述明治十六年，日本武术界发生了一系列的变化，自成一派的矢野正五郎将传统的柔术改成柔道，以新的概念统一了当时四分五裂的日本柔术界，遭到各派的责难和攻击。柔道的杰出武师姿三四郎和柔术的绝代美女早乙美之间那动人的缠绵爱情故事，让人回味无穷。

日本电视连续剧《排球女将》在 20 世纪 80 年代风靡日本、中国等地，成为一代人的记忆，其中小鹿纯子和她的招数至今还被人娓娓道来。这部电视剧讲述北国少女小鹿纯子自幼失去了母亲，但她开朗、乐观、精力充沛。从四岁起，纯子就跟着爸爸训练，学习击球。因一次机会，纯子告别了家乡，来到了东京，加入白富士学园的女子排球队，练就了"晴空霹雳"等绝招。纯子进入梦寐以求的国家女子排球队，征战才刚刚开始……

《血疑》是一部以家庭伦理和血缘关系为题材的日本电视连续剧，该剧于 1984 年被中央电视台引进中国大陆，播出时产生了轰动效果。主题歌《谢谢你》和剧中服饰"幸子衫""光夫衫"也流行一时。该剧讲述了天真善良的大岛幸子，在父亲的研究室不幸受到生化辐射，患上白血病，急需亲人的血液，可她的父母都和她的血型不同，唯有她的男朋友相良光夫的血型与她相符，但相良光夫竟是大岛幸子同父异母的兄长，因此演绎出了一幕幕感人肺腑的故事。

巴西电视连续剧《女奴》，讲述了白人女奴伊佐拉自幼获得主家夫人玛尔威娜的疼爱，过着贵族小姐一样的生活，但是心地阴险邪恶的主家少爷莱昂休结束学业归来后，对美丽的伊佐拉十分痴迷。玛尔威娜基于对儿子的了解，说服丈夫为伊佐拉提供了一份解放证书，给其真正的自由。

与此同时，随着舶来电视剧和录像片的兴起，电视画面也进入新的阶段。市场上刚推出的松下二十九英寸彩电被称为"画王"，成为大屏幕视听享受的引领者。

松下电视有着悠久的历史，20 世纪 90 年代，松下开始进入"画王"时代。1990 年，松下推出了第一代"画王"电视，具有代表性的是二十九英寸的 TC-29V1R/2H；1992 年，松下在第一代"画王"电视的基础上进行了改进，推出第二代"画王"，称为"新画王"，主打的依然是二十九英寸产品；1993 年，第三代"画王"上市。因此，至今依然有人习惯于将松下称为电视机界的"画王"。

而此时在欧美，最尖端的还是二十八英寸球面电视。然后很快十六比九屏幕、背投电视出现了。还没等热起来。1996 年，松下领先行业推出了首款等离子电视，随后，屏幕越做越大的液晶电视主导了电视机市场。

以电影院开设小观影厅，电视机向更大屏幕发展为契机，大陆影视进入以提升视觉享受为核心的新的阶段。

追剧，不仅是现在的潮流，也是三四十年前的潮流。

而两者也是有着区别的。现在，很多剧是网剧，有时间有兴趣在电视机前追剧的人实在是太少。网络已代替电视成为现代电子文化的主流，人们更多地会看网剧，拿个手机到哪里都能看，不受时间和场地的限制；电视剧制作也更加现代化，符合现代生活的快节奏，不那么具有精品意识了。

是的，属于过去那个时代的电视精品更多。例如：古典四大名著《西游记》《红楼梦》《水浒传》《三国演义》被拍摄成电视剧播出，并受到欢迎。

虽然属于那个年代的拍摄技巧和今天比起来显得有点落后，但是并不妨碍这些剧成为经典，至今仍在重播。

特别是《西游记》，运用了那么多原始的特效去打造很多"出神入化"的画面和情节，在现在看来，甚至很多当事人回顾起来都是那么"低级"，可是那些角色塑造的精致感足以掩盖因技术欠缺带来的遗憾。

这些电视剧都是众多演员以非常敬业的精神，在并不宽裕的条件下拍摄的，那个时代的演员，比较纯朴，在表演时更看重艺术的价值，也就是我们说的敬业。

而现在的影视剧，更多地追求"短平快"，有些已成为快餐文化的一种，电视剧本身的精神内涵要弱得多。

推读 24

何妨多录制戏曲节目

　　随着有线电视的日益普及，长沙观众可以收看到来自浙江、山东、贵州、云南等省的卫星电视频道。其中，较具特色的可以说是浙江台，几乎每天下午，都安排有两个小时以上的戏曲节目，又以浙江的"土特产"越剧居多，间或播出京剧、昆剧。浙江卫视的戏曲节目吸引了众多的电视观众，尤其是中老年戏曲迷；另一方面，越剧这一剧种也通过浙江卫视在国内产生了广泛的影响。

　　反观本省，各电视台对于戏曲节目的播出却比较吝啬，不说戏曲全场，就连"小打小闹"的戏曲片段也是凤毛麟角。湘剧和花鼓戏可算是我省的特色剧种，可本省的戏曲迷们却无法在荧屏上一睹为快，只能靠收看浙江卫视的越剧去过把戏曲瘾了。

时下文化界议论纷纷，感慨传统戏曲地位日下，并大有以"老戏新唱"来弘扬戏曲艺术之势。其实，并不是人们不愿看传统戏曲，年轻一代也并非一律对传统戏曲不感兴趣。问题是，随着文化娱乐形式的新招迭出，尤其是电视节目的日益丰富，人们已不大愿意到剧场中去坐冷板凳，而希望能悠闲舒适地坐在家中观赏。目前，我省部分电视台的电视节目也已进入"上卫星"的新阶段，何妨学学浙江卫视，多录制一些戏曲节目？尤其是湘剧、花鼓戏。这样既可满足本省戏曲迷的需要，又可扶植、弘扬本省戏曲艺术，还可使电视节目更为丰富多彩，何乐而不为呢？

（原载湖南《长沙晚报·文艺零谈》）

话题 I

综艺时代骤然来临

综艺，是电视节目一个绕不开的话题。

央视春晚，打造了最高级的综艺。

央视春晚最初几年，采用的是小舞台，这与《快乐大本营》之类的综艺节目有着异曲同工之妙，综艺节目不就是靠小舞台的热闹吸引人的吗？

无论是最初的春晚，还是现在的综艺节目，都在试图以一种"大家庭"式的和谐将观众深深吸引住，讲究的是和谐、快乐与幸福。

彼时，综艺节目占据各个电视台的黄金时段，一改电视剧占据黄金时段的局面，成为电视新宠。

综艺，其实就是电视节目娱乐化的一个表征，周末必有综艺，其实就是电视节目过度娱乐化了。

任何事物其实在开始时，只要有人尝到甜头，就会有一哄而上的现象，用现在的眼光看，或许可以说那其实也就是个必经的阶段。电视节目过度娱乐化，也是个必然会经过的阶段，经过这一个阶段的闹腾，再经过主管部门的政策调整，一切都将归于正常。

综艺，不仅在电视上，也在舞台上。

长沙，是全国有名的"娱乐之都"，这里，有以演艺节目著称的"酒吧一条街"市中心解放西路，有以琴岛、红太阳演艺中心为代表的演艺市场，有以《快乐大本营》为代表的电视综艺节目，有落地生根的金鹰电视艺术节，等等。其实这些都是综艺，割裂地去看某一种形态的综艺不可能得到非常准确的论断，只有全景式地综合来看才能更加靠谱。

为什么这么说呢？其实，酒吧一条街中的很多酒吧，都是演艺酒吧，是小型的演艺中心，演出形式和演出时间与大型演艺中心非常接近。而演艺中心的一些节目，也可能进入电视台的综艺节目。

所以，这些不同地点、不同形式的综艺，其实是同根同源的，都离不开繁华娱乐都市的文化氛围，离不开热捧这些综艺的观众群体。

那时，每当夜晚，作为"酒吧一条街"的解放西路，以及作为两大演艺中心所在地的劳动东路，就开始了灯红酒绿、霓虹闪烁的长沙夜生活。

演艺中心往往因有"名角"演出而一票难求，甚至成为一些单位招待来长沙的客户的必选项目。演艺中心的演出一般是在晚上十一点开始，经过一个小时的演出，就进入高潮，最精彩的是零点的跨日演出。你看，这和央视春晚的"零点倒计时"，和如今各大电视台的"跨年演唱会"，难道不是如出一辙吗？

所有流行的娱乐形态都可以找到它的"来源"。你以为这个东西是什么新鲜事物，然而，其实在这个圈子里，很多人都不是很愿意去真正创新，他们的长处是"拿来"。

《快乐大本营》是湖南电视台于 1997 年 7 月 11 日开播的一档综艺性娱乐节目。1996 年，湖南广电因筹备上星，需要一档综艺节目，创办了《快乐大本营》。湖南卫视正式推出的《快乐大本营》，以明星参与游戏、表演为主要内容。节目不再单一地呈现明星的表演内容，而是更多地让明星在舞台上与主持人或观众互动，因此，表演形式更活泼，与观众的互动增多，节目形式也更为丰富。

《快乐大本营》主持人"撕掉"台本，不再拘泥于台词，而改为说自己的话。从《快乐大本营》开始，晚会主持人开始看着镜头和观众说话。2002 年，《快乐大本营》首次引入了"主持群"概念，陆续推出了"快乐播报"环节和一系列游戏。

《快乐大本营》固定每周六晚黄金时段在湖南卫视播出，是湖南卫视上星以后一直保持的优秀品牌节目。栏目开办以来，以新鲜的题材，多样的形式，清新的风格，新奇的内容广受好评。该节目注重知识性、趣味性和参与性，引领观众走向一个崭新的视听空间。

2021年12月，湖南卫视郑重宣告将推陈出新，精心制作的全新综艺节目《你好星期六》，正式接替以前脍炙人口的热门综艺节目《快乐大本营》。

全国的观众大都知道红火了很多年的《快乐大本营》，然而，很多人并不知道，其实生产《快乐大本营》的湖南卫视并不是湖南电视界综艺节目的"开山鼻祖"。

"开山鼻祖"另有其"台"，也就是湖南经视，全名就是湖南经济电视台。

湖南经视的《幸运3721》，是湖南电视界第一档综艺节目，准确地说，是第一档成功的综艺节目。

相对《快乐大本营》的娱乐化，《幸运3721》却有着难得的生活化特色。这也与节目开播的1996年那个年代相适应。这个节目显得更加纯朴，首席主持人虽然不是那么圆滑，但是给人的感觉却清新脱俗。而主持人的风格，也影响着甚至决定了节目的风格。

这，就是《幸运3721》，一个曾留给观众无数美好记忆的综艺节目。

　　《幸运3721》的成功和受欢迎，很大程度上得益于本土笑星的相声和双簧表演。

　　当时，每当《幸运3721》播出时，家人们都围坐在一起收看，最想看的就是相声演员出来献艺搞笑，在周末给千家万户带去笑声。

　　相声演员的节目几乎在每一期节目中都会出现，有长沙方言相声，也有特别搞笑的双簧节目。

　　相声演员表演双簧时，一个坐在前面的椅子上，脸上抹白，只做动作不出声，但有口型变化，另一个则在椅子后面，用时而塑料普通话时而长沙话的配音做配合。这种新奇的表演形式，与相声一起，给大家带来了无尽的快乐。

　　每一期都要有节目，每个节目都要进行本土化的创作，难度可想而知。

　　另一个可想而知的结果，就是难以长久。积累的节目演完了，整个这一类的节目也就自然走向衰落。

　　这是自然规律使然，不是奇志大兵的错。

　　而此后，当节目放弃方言而以普通话形式出现在央视春晚舞台上时，不南不北的尴尬就显现无遗。

　　这是长沙方言剧不甚成熟的产物。

　　而此后，方言剧《一家老小向前冲》，也曾创造出属于长沙方言剧的风潮。家庭风味是它的魅力所在，家庭剧相对于职业剧更有亲和力。衰而转盛，盛极必衰，这就是规律所在。

　　家庭喜剧《一家老小向前冲》，于 2004 年 4 月 18 日在湖南经视首播，该剧根据广东电视台粤语系列短剧《外来媳妇本地郎》剧本改编，讲述了湖南长沙老城区一户姓严的人家，老两口和四个儿子的生活。

　　《一家老小向前冲》有百分之七十的室内剧情，而另外百分之三十为外景，较之纯粹的室内剧更宽广、更具有立体感。《一家老小向前冲》充分挖掘湖南本乡本土的风土人情和文化底蕴，充满现代大都市生活气息和浓厚的湖南特色，加上别有风味的湖南方言，带给观众久违的亲切感和轻松感。

　　再看同时期的北方，央视《正大综艺》和《综艺大观》曾创造出综艺节目的精彩篇章。

　　这两个节目有着各自的主题曲，曾经流行一时。《正大综艺》片尾曲《爱的奉献》，《综艺大观》主题曲《莫忘今宵情》，都是旋律优美、歌词触动人心的佳作，在今天看来都还是值得称道的好歌，充满了热情与温馨。

　　就好比央视春晚有了《难忘今宵》一样，《爱的奉献》和《莫忘今宵情》所表达的，都是节目即将结束时的那种依依不舍之情和期待再相逢、再聚首的心情，让观众意犹未尽。

　　三个综艺节目，三首流行歌曲，显示了央视在综艺节目及晚会歌曲打造上无可比拟的实力和优势。

　　知性的《正大综艺》，由富有幽默感的相声演员和英语好的在校生主持，给全国观众带来富有文化内涵的别样综艺。而

《综艺大观》，则把轻松愉快的文艺节目送给万户千家。在电视风行的年代，两大综艺节目以各自独特的风格，制造了属于那个时代的收视高峰，至今都是美好回忆。

推读 25

遍地"古城"

若干年前，华夏大地上有着的都是货真价实的古城。而近些年来，则开始有了一个个只能称之为"赝品"的"古城""古园"。此风日甚，怕又若干年后，咱们的国土上矗立的古城、古园中，假的倒要比真的还多了。这些假古城、假古园从何而来？都是拍影视片"拍"出来的。

导演们为了"真正"拍出历史片的风韵，左拉一笔"赞助"，右拉一笔"支援"，盖起了这些"古城"，为影视片"增色不少"。然则，古语云："荷露虽圆岂是珠？"这些冒牌古城，绝不可能建造得与真古城一模一样，毕竟今人谁都没见过真古城是何模样，许多属于古人的精湛手工技艺更是今人难以复制的。即便是"一模一样"了又能怎样呢？一座座"新古城"，究竟能"真"到哪里去呢？影视片，更重要的无疑还是人物的鲜活、情节的生动，观众们并没心情去考究，也没能力去考究那画面中出现的古城究竟"真"到何种程度。中国影视史上，也有不少受欢迎的历史片，除清廷片外，所使用的绝大多数都并非我们的某些导演所追求的似真还假的"新古城"，不是照样精彩？何以到了现在，便这"古城"那"古城"地一个个都冒了出来呢？耗去大量人力物力财力不说，可怜那些假东西更不知要占去多少良田沃土。

假的就是假的。花去上亿元建造起来的"古城"如同假名画、假古董一般，仿造水平再高也谈不上有多大价值，未必能招来多少游客，未必能招多少财进多少宝，即使真的有利可图，那也要花去一笔不小的管理费用，这笔账又怎么算？那些成天想着如何"稳赚不赔"的大导演们，倒不如把精力放到拍片上去，拍出精品来，行销市场，如此你不想"稳赚不赔"只怕都不行呢！

在大导演们看来，"古城"的另一个妙处就是可以用来拍其他的同时代的古装剧，初衷本是好的，可它往往最终却演变成了令人担忧的弊端。《红楼梦》，拍完电视剧不是又紧接着拍电影吗？"不用白不用"嘛！有了"唐城"，于是《唐明皇》来了，《杨贵妃》来了，接二连三的《武则天》也来了。拍完《三国演义》，"三国城"又会用来拍多少"小'三国'"？拿不准。没有那些"古城"在那里，或许大家就不会心里直痒痒，就没有"一窝蜂"的"撞车事件"，就没有本可避免的一个个上座率或收视率的"红灯"了，善莫大焉呢！

遍地"古城"，堪忧堪忧！

（原载广东《羊城晚报·港澳海外版·想说就说》）

推读 26

《武则天》一闹就热?

"闹"得发"热"说明了"热"的原因。现今文艺界不少东西都是因"闹"而"热";但"闹"而不"热"的文艺作品也有。

而最近正"闹"得欢的影视片《武则天》，笔者也认为它们恐怕"热"不起来。在所谓"《武则天》影视大战"之前，香港电视剧集《武则天》及台湾电视剧集《一代女皇》都已经在内地的电视台播出了，两部剧集都以武则天为题材，而且收视率颇高，尤其是《一代女皇》近期才在内地的一些电视台播出（包括广东珠江台），现在又搞什么"武则天大战"，是不是有些凑热闹？在同一时间里你拍电影《武则天》，我也拍电视剧《武则天》，互相挖墙脚，这有必要吗？如此大"闹"一通，对谁有好处呢？

影视"武则天大战",靠什么"闹"起来?电影嘛,靠剧本"闹";电视嘛,靠明星"闹"。可依我看,这些恐怕都失策了。

导演请了几个作家写电影《武则天》的剧本,可到头来只需要一个剧本,看上去"闹"得挺有水平的。可这剧本,不管由谁写,不管怎么写,还不就是那么个大家再熟悉不过的武则天?以为观众会抱着"看着这个作家究竟怎么编"的心态花钱买票看《武则天》,那就未免太天真了。

如果不是"珠玉在前",两部新《武则天》热起来也不无可能。可偏偏是"珠玉在前"!不管是香港演员,还是台湾演员,她们演武则天的演技也都已经得到内地观众的认可,甚至是好评如潮。这是对新武则天形象塑造的"不利因素",新《武则天》大约不会视而不见吧?

这场所谓"武则天大战",我想,其结果不是两败俱伤,就是同归于尽。

"闹"而不"热"其实是文艺界的一种悲哀,文艺作品既有了精美的"包装"(亦即所谓"闹"),又有了优良的品质,但这并不能保证它能"热"起来,因为有一点往往是被"商人"们忽略了的,那就是,你的"商品"人家是不是需要?如果市场本身就不需要你这样的"商品",呜呼,那也就只能"闹"而不"热"了。这个道理,我想是值得文艺界的朋友们深思一番的。

(原载广东《羊城晚报·港澳海外版·想说就说》)

影视新历程里的印记

电影不再是那个电影，可明星还是那个明星。

众多歌唱家与影视演员，通过央视春晚家喻户晓，与人们相伴，其中不乏文艺界的传奇人物。

歌手影响着歌坛，演员则影响着影坛。难道我们看有的电影不就是为了去看明星的吗？

时至今日，很多电影，甚至一些主旋律的影片，都在搞名演员大聚会。经过二十多年，这种做法仍然大行其道，甚至在某些"献礼片"中出现，这也许就是所谓"存在即合理"吧。

这样的电影，看着看着就出来一个明星——对，是出来一个明星，而不是出来一个人物。在电影院里，观众们总是会心一笑："哦，这是某某某。"这某某某就是大家早已熟知的某演员、某明星。

回顾过去的这些报道和评论，再看今天的类似现象，不禁哑然。经过那么多年的时间，在批评声中，很多现象依然存在，也许这就是市场规律在起作用。

从"名演员集合片"到"遍地建古城"现象，可以说，三十年前很多影视圈的现象，到今天仍然或多或少地存在。

古城的建造风潮，确实在今天已经偃旗息鼓。

但是，这种风潮又以新的更高级形态再现，这就是影视基地。所以，古城，已不再是一个两个，而是一片两片，成其规模。

古城升级为基地，确实能更好地服务于影视剧拍摄，也便于管理，这总比毫无章法的造城运动要来得实在。

所以说，中国的影视人实在是有着智慧的头脑的，他们穷极自己的想象，把太多的未知变为已知，把不可能变为可能，只要有市场就有对市场的适应。

回顾并用新的视角来看许多年前的现象和评论，会得到更多的启迪。很多现象的发展和演变，在当时无法想象，无法估计，而现在，现实给了我们最直接的答案。

一段时间以来，不能反映社会公序良俗的特殊题材，不再为影视片所热衷。见热就上，不分良莠，不顾社会效益，眼里只有经济效益的文艺现象并不罕见。

影视片是文化产品，是肩负着社会责任的，不是想拍什么就拍什么，拍了也要过审才能播出。

随着文艺为人民服务宗旨的进一步加强，那些对社会不负责任的影视片，会被扼杀在萌芽状态。那些只顾猎奇的拍摄热潮，也终将只是某一段时间的现象，不会长久。

规则是相对的，而不是绝对的。譬如说，近年来那些电视台热衷的综艺节目，会时不时地被主管部门要求做这样那样的整改或调整。

三十年后，整个影视界的行为规范显然更加严格，这种严格体现在调整政策的适时出台，对有所冒头的不良倾向及时弊说"不"，譬如对综艺节目的限制、对劣迹艺人的处理等。

这样，影视界的空气才能更加清新，为大众生活带来真正的健康精神食粮，推动社会向前发展。

好在，我们还有动画世界里的童趣。

最近看电视，发现电视台正在播放 20 世纪 80 年代的老动画片《蓝精灵》，大人们会跟小孩子说："这是我们小时候看的动画片！"虽然在高清大屏幕电视上看老动画片，明显清晰度较差，但是那种怀旧的感觉却充盈心扉。

在电视节目作为大众文娱生活重要内容的年代，特别是我们的青少年时代，动画片也是一道"大餐"。

给人印象最深刻的一部是《尼尔斯骑鹅旅行记》，这是由唯一一部获得诺贝尔文学奖的童话作品改编的动画片。它的独特之处在于，通过动画画面，讲述了顽童尼尔斯骑着家鹅旅行的故事，随着旅行地点的不断变化，展现了各地不同的地理概况、风土人情。

这就和现在很多故事情节和画面比较单一的动画片不一样，是我们小时候最爱看也是印象最深刻的动画片。

还有一部很好看的动画片，是香港的，这也很少见。这就是 20 世纪 80 年代 TVB 翡翠台制作并在大陆播出的《成语动画廊》，只记得这部动画片集数很多，查了一下是十二个部分、一百八十集，里面有很多成语故事。以机器人歪歪为线索人物。给这个动画片配音的就是当时非常熟悉的香港电视剧的配音演员，所以，这部动画片看起来就像是动画版香港剧集一样，感觉非常特别。

"钟声当当响，乌鸦嘎嘎叫。"伴随着片中人物小叶子的熟悉歌声，再次重播的《聪明的一休》引起人们的怀旧情绪，这是一部以童年一休为主角的日本动画片，由东映动画出品，于 1975 年 10 月 15 日至 1982 年 6 月 28 日在日本 NET 电视台播出，共二百九十八集，播出时间长达七年之久。

20 世纪 80 年代，内地电视台曾制作并播出中文配音版，成为当时风靡全国的优秀动画片。2008 年 4 月，中央电视台少儿频道"动漫世界"栏目开始选播这部动画片。

动画片《聪明的一休》以智斗为主题。以历史人物一休宗纯禅师的童年为题材（与真正的一休禅师的生平事迹有较大出入），故事发生在室町幕府时期。曾经是皇子的一休不得不与母亲分开，到安国寺当小和尚，并且用他的聪明机智解决了无数的问题。

一休不光聪颖过人，还富有正义感，他用自己的机智和勇气帮助那些贫困的人、教训那些仗势欺人的人。平时他勤奋好学，热心助人，最爱动脑筋，解决日常生活中的问题，无论是将军、桔梗店老板还是新右卫门先生，都难不倒他。他不仅让坏人们得到应有的惩治，他的才智还常常令大人们佩服不已，还能教会小朋友们许多日常生活的常识。

动画片《聪明的一休》给人印象最深的，其实并不是一休的聪明机智，而是那个他看到就会想念妈妈的挂着的布娃娃，以及和一休关系很好的武士新右卫门。

属于那些年的动画记忆太多了，像《黑猫警长》《葫芦兄弟》《阿凡提传奇》，以及与当时的海尔冰箱有关的《海尔兄弟》，等等。有国产的，也有国外的，题材也很广泛。"海尔兄弟"卡通形象，也至今仍使用在海尔电器产品上。

《猫和老鼠》的特点在于，它是一部默剧，也就是动画片里面的猫和老鼠等角色都不说话，完全靠情节和动作来表达和呈现。但就是这样一部默剧，却红了那么多年，现在的小孩子也爱看。前不久，这部动画片还首次在中国的电影银幕上映，吸引了几代《猫和老鼠》的观众去观看。

《米老鼠和唐老鸭》《哆啦A梦》，不仅是动画片本身，米奇、米妮、机器猫的玩偶等周边产品也流行至今，深入万户千家，给孩子们带去无穷的乐趣和长情的陪伴。

《米老鼠和唐老鸭》是一部风靡全球的喜剧动画片，片中以米老鼠、唐老鸭、大狗布鲁托的活动为主要线索。通过它们一系列片段式的滑稽遭遇，运用拟人的手法，融入心理学、生物学、物理学、哲学等元素，向观众呈现了一个个幽默的、令人捧腹的具有高度艺术性的趣味小品。

《米老鼠和唐老鸭》中米老鼠的故事总是以成功结尾，唐老鸭的故事总是以失败结尾，其实米老鼠和唐老鸭都很聪明。但米老鼠最后总能成功，抱走可爱的红嘴唇的米妮。唐老鸭投机取巧的聪明总是得不偿失，开始雄心万丈，最后狼狈不堪。

喜欢恶作剧、神经质的唐老鸭，像每一个都市人心灵角落中的梅菲斯特。而纯朴、执着和好脾气的米老鼠更像西部乡村来的阿甘。再有就是像布鲁托和高飞那种很笨的家伙，成天大大咧咧，一副傻乐相。这不禁让人想起现在的卡通人物光头强和熊大熊二，简直如出一辙。

最搞笑的人物当属樱桃小丸子和蜡笔小新，他们分属两部动画片。这两部动画片讲的都是小孩子的家庭生活，和小孩子年龄不太一致的人物语言，经常让人忍俊不禁。至于淘气乃至成年化的蜡笔小新，有的剧情上确实有点"过"，但也不失为一部值得珍藏的动画片。今天，蜡笔小新的影片也开始进入大陆电影院公映。

湖南后来有一部《蓝猫淘气三千问》曾经火遍全国，这部作品堪称动画片版的《十万个为什么》，寓教于乐，还衍生出很多周边产品，很好地实现了动画片的产业化。

至于动画电影，更早期的《大闹天宫》当属最经典的了，中国的电影银幕，给当年年纪还很小的我们，留下了水墨、木偶、皮影等表现形式的精彩动画作品。

而在1990年代的电视记忆里，那些经典的电视广告歌也给人留下深刻印象。

"世间自有公道，付出总有回报，说到不如做到，要做就做最好，步步高！"

1997年，某品牌VCD以"超强纠错"作为主打亮点，加上功夫巨星领衔主演，其广告成为当初的央视标王，成天在电视上轰炸式播放，可谓是风靡一时，大部分人都能哼上一两句广告歌。

"心要让你听见，爱要让你看见，不怕承认对你有多眷恋，想你的时候，盼你能收到我的真情留言。心要让你听见，爱要让你看见，问你是否愿分享每一天，把我的遗憾，变成感谢。"1995年，品牌传呼机商务广告歌《心要让你听见》，不仅很好地为商品打了广告，也作为一首经典的流行歌曲，传唱至今。当时这首广告歌曲的视频故事情节，就是讲述因拿错了传呼机而引发的浪漫故事。

很多饮品的广告也播放了很多年，早年间的《爱的就是你》和《爱你等于爱自己》《我的眼里只有你》都曾作为纯净水的广告歌曲，歌曲与广告、产品可谓相互成就。酸酸乳广告歌《酸酸甜甜就是我》，在英文歌基础上填入了很有青春气息的中文歌词，也符合该产品的市场定位。

青春啊，文艺 1990

文艺拾零篇

第24届冬季奥林匹克运动会也就是北京冬季奥运会，作为中国举办的国际性奥林匹克赛事，再次在中国人中掀起了一股"奥运观赛热"。

　　特别是北京冬奥会吉祥物冰墩墩和雪容融，在社会大众中引起了一波热潮，许多市民都对它们爱不释手，甚至有人在寒风中排队六小时，甚至通宵排队，只为购买一个小小的冰墩墩。

　　多少年的文体热，至今不衰。那些与视听相关的文化载体，也曾给予人们许多情感慰藉。

推读 27

奥运的真正魅力

奥运赛场的赛况往往"出人意料"。当中国女足负于挪威女足，过早地打道回府，人们都备感遗憾，电视传媒更是纷纷以"铿锵玫瑰凋谢悉尼"为题加以概括。其实自奥运开赛以来，让人们从希望到失望的情况又何止"铿锵玫瑰"！而另一方面，由"冷"而"热"的惊喜也是不断出现，就在"铿锵玫瑰凋谢悉尼"的当天，中国女子曲棍球队和中国羽毛球队却都创造奇迹，中国女曲自开赛以来的优异表现更是令人惊喜。

其实，为什么一定要让结果与我们所预料、所希望的相一致呢？奥运会之所以那么令世界瞩目，之所以那么精彩，实际上就是因为它的"出人意料"，在掀起奥运赛场上的一个又一个波澜，使人们"惊心动魄"。这正是奥运的魅力所在。试想，如果我们所认为有夺金实力的运动员在人们的关注下都如愿以偿地夺取了金牌，而那些从来没想过会有突出表现的运动项目也都不出所料地表现平平，那么，这样的奥运会还有什么吸引力？所谓"外行看热闹"，如果没有任何的跌宕起伏，还有什么"热闹"可看呢？

（原载湖南《长沙晚报·外行看热闹》）

话题 K

五环观赛的日子

你可还记得当年中国女排首次夺冠时，电视荧屏里女排姑娘们相互拥抱、欢呼雀跃的画面？电视机前的你，难道不是也一样热血沸腾，与她们感同身受？

"铁榔头""三连冠""四连冠""五连冠"，这些熟悉的词汇，与 20 世纪 80 年代中期的"女排热"紧紧连在一起，也与我们的生活紧密联系在一起。

特别是中国女排"三连冠"，是在 1984 年第二十三届洛杉矶奥运会上夺取的，这也是"五连冠"中唯一一次夺取奥运会金牌。

而这一届奥运会，是中国改革开放的又一强音，它是我国第一次派出大型代表团参加奥运会，十五枚金牌成就了中国的奥运梦，也催生了奥运热在国内的兴起。

因当时传播手段的限制，同时也因为电视观赛更容易激发人们的体育热情，当以"女排夺冠"和"奥运会"为核心的体育热沸腾了整个中华大地时，电视传播成了重要的推动力。

那个时候，每到电视上有女排比赛，很多家庭都会聚在一起观看，也许你我就是其中人。甚至，排球成了很多不懂体育的人最熟悉竞赛规则的一项竞技比赛。

譬如，扣球、双人拦网、界外球、换发球，诸如此类的排球术语，现在说起来都还是那么熟悉，那些镜头仿佛就在眼前。

排球赛场，一切瞬息万变，有时候赛点也经常在双方的多次换发球中反反复复，惊心动魄。体育解说员用他专业的解说，不断地帮全国观众普及排球知识，让排球竞技赛变得更加有趣而吸引人。

从"三连冠""四连冠""五连冠"开始，中国女排的命运同全国人民的心连在了一起。

从洛杉矶奥运会开始，四年一届的奥运会也成了人们特别关心的体育盛事。

而小小的电视荧屏，寄托着全国人民对体育盛事的期待和爱国热情。

一届一届的奥运会，承载了多少华夏子孙的梦想，同时也给枯燥生活带来了激情。每届奥运会都是那么充满悬念，有的热门选手铩羽而归，有的后起之秀却一鸣惊人。每次奥运会开幕前，人们就开始关注，而奥运期间更是通过各种媒体，跟踪了解赛事进展和热门选手消息。

还有申奥，全国人民也那么关注。从北京申办 2000 年奥运会遗憾落选，到电视直播国际奥委会确定北京获得 2008 年奥运会举办权，国人从备感失落到激动万分。当无数中国人听到现场直播传出"北京"的声音时，也都同申奥票决会现场的申奥团队一样，从座位上一跃而起，欢呼雀跃，振臂高呼。

那场景，犹在眼前。

文体文体，顾名思义，文艺与体育是一体的。从奥运会到冬奥会、残奥会、大运会、亚运会，每每重大的综合性体育盛会都会举办隆重的有文艺演出的开幕式、闭幕式，甚至会邀请知名电影导演执导。电视台会转播重要的赛事，烘托体育赛事的氛围和对人们生活的影响。

而文艺，也每每将体育作为重要创作题材。这里要提到一首很多年前的歌曲《流吧，幸福的泪花》。

"流吧，幸福的泪花。流吧，流吧，喜悦的泪花。这是心灵的泉水潺潺流下。中国女排的姑娘们，女排的姑娘们啊，幸福的热泪洒满脸颊。"这首《流吧，幸福的泪花》，就是专为中国女排而写，由歌唱家演唱，用动情的歌词和优美的旋律，讴歌了女排精神，当时流传甚广。

同样是以中国女排为题材，2020 年 9 月 25 日上映的电影《夺冠》，讲述了中国女排从 1981 年首夺世界冠军到 2016

年里约奥运会生死攸关的中巴大战，诠释了几代女排人历经浮沉却始终不屈不挠、不断拼搏的传奇经历。2021 年 6 月 26 日，央视电影频道播出《夺冠》。

推读 28

我与电台有缘分

那是十年前广播节目大受欢迎，许多年轻人争当电台客座主持人的时候，我有幸成为当时全省主持节目最多的客座节目主持人、最年轻的通讯员。时光匆匆，十年后追忆起来，仍让我为之激动。

那时，听广播是年轻人一项重要的文化娱乐活动，哪怕是长沙市唯一的正式区级电台——郊区电台也是听众如云。作为郊区电台的热心听众，我通过点播、写信、拜访，与电台的四位主持人——叶溪、雪含、周鑫、夏良"搭上了关系"，记得第一次见到《听众点播》的主持人叶溪时，她欣喜地说："嘿，你经常给我们写信呢！"当时我在雅礼中学读书，他们也就把我当成"高才生"，刮目相看。我用普通话同他们交谈，就这样，"实力"加"关系"，他们开始安排我编播节目。郊区电台算不上电台"大哥大"，却是一个极富人情味、主持人没有架子的电台。在那里，我主持了许多期节目，如《听众点播》《请您录音》《星期天特别节目》等。这一段经历锻炼了我的普通话水平和节目主持水平，也使我开始结交"听众朋友"。

有了在郊区电台主持节目的经验，我开始向市级电台发展。可惜，当我第一次去长沙人民广播电台时，被告知"客座主持人名额已满"。可我并不死心，不久后的一个飘雪的日子，我又鬼使神差地跑到长沙电台要求主持《听众点播》节目。也许真是皇天不负有心人，这回，节目编辑杨毅红竟非常爽快地答应了我的请求，这实在令我兴奋不已。要知道，能在听众更广、影响更大的电台，为自己争取到更加"紧俏"的主持人名额，是多么不容易。

当时，湖南人民广播电台是湖南唯一的省级电台，而《欢乐星期天》特别节目又是该台唯一一档有客座主持人编播内容的节目。我知道，如果不主动想办法，是很难进入这个节目的。于是，我根据《欢乐星期天》的栏目设置，编排了一组音乐节目，把稿件寄给了《欢乐星期天》，并注明其中安排的几首歌曲可由我提供磁带（电台很可能配不齐）。很快，《欢乐星期天》的女主持人谭玲打来电话，说稿件将采用，要我把磁带送去。就这样，我熟识了《欢乐星期天》的主持人。不久，我也就成为《欢乐星期天》客座主持人中的一员。由于我经常为电台提供稿件，还被聘为湖南人民广播电台通讯员，办证的阿姨当时惊异地说："这么年轻，是我们台最年轻的通讯员！"

（原载湖南《长沙广播电视报·荧屏茶座》）

推读 29

寻寻觅觅新专辑

也许再没有一个人像我这样努力地去搜集一个歌手的专辑了。我收集到了那个歌手在市面上能够见到的全部专辑。哪怕是矫情的歌曲，在她唱来都是那么自然、随意，给听惯了歇斯底里的怒吼和缠绵凄切的倾诉的人以全新的畅快感觉。

只可惜，当我开始认识和熟悉她的时候，这位歌手已经淡出歌坛。所以，当时市面上已经很少有她的专辑盒带，找到她的专辑，自然成了一件需要寻寻觅觅的难事。我还记得，我所购买的她的第一个盒带，是在一条热闹街市上专程寻找到的《掌声响起》。那是好不容易从这条街上的一个磁带柜台的最下方找到的，而且是只剩一盒，真可谓"皇天不负有心人"。

几年前的某日，我又骑着单车在那条街市上闲逛，忽闻从一个店面中传来《夏艳》的歌声。这是我第二次听到这首歌。

第一次听到是在一次大型演出中，当时我觉得这首歌挺好听，经打听才知果然是她原唱的，于是重闻此歌便开始了我的又一次"搜索"。询问店主，得知正在播放的磁带是作促销用的唯一一盒。所幸的是，在我的再三恳求之下，店主终于肯将这一盘还发着热的磁带卖给我——磁带已经很旧了，可店主仍坚持要卖新磁带的价格。一家专卖磁带的店，却偏偏要用缺货的旧音带去促销。现在想来都很为她拥有这么多的听众而吃惊。

为买这位歌手的磁带，我甚至不惜"冒险"，也因此上过不止一回当。有一次，我在一家书店中发现有印着她名字的新专辑，虽然盒带上印制的照片不怎么像，我还是决定买下来。后来发现这个盒带是盗用她的名字，里面是台湾另外一位歌手的专辑，而那家书店却拒绝退货。

如今，我一般不买新歌手的专辑，而老磁带里的歌成了我经常品味的音乐世界。听着那清新自然的演唱，我仿佛到了乡村、田野，在这紧张、繁忙的都市生活中就好像沐浴一阵凉风，是那样爽快。是过去许多次的寻觅，让我在今日得到了很好的回报，这是多么令人欣慰。

（原载湖南《东方新报·边缘文坛》）

推读 30

磁带柜台"三打假"

粤语歌曲风行的那阵子，我成了各家磁带柜台的常客。那个时候，很多粤语歌带名为香港制造，实际上都是沿海一些不法商贩炮制的伪劣假带。常买磁带，当然有一套识别假带的技巧，不过也有防不胜防的时候，于是在多次上当之后，我有了"三打假"的经历。

第一次是在某大楼的磁带柜花四十元买了一套四盒的粤语歌带，价格不菲。不过买时我倒觉得值得，因为封套上标明里面有一首我左寻右觅的《MONICA》。可回家一听，顿时傻了眼：《MONICA》不见踪影！我买这四盒磁带主要是因为它标明了有这首歌，可到头来偏偏这首歌没有。第二天再去该大楼，那位营业员小姐二话没说，收回假带退了款。

首战告捷，便常"有恃无恐"地光顾磁带柜台，"有恃无恐"地打假。后来才发现自己近乎天真，因为这"假"一次比一次难"打"，磁带柜的售货员也并非都乐于"二话不说"。

第二次"打假"是在某地下商场，这次买了一套两盒的粤语带，回家一听，发现上当，问题和上回一样，想买"羊头"却偏偏被骗买了"狗肉"，于是借着上一次的成功经验又去找店家，不料碰了一鼻子灰："不退！"柜台里的男士脸色铁青。不退？咱可不轻易"退兵"，我继续据理陈词，又以上次那位营业员小姐的可贵态度"打动"之，男柜员开始由"不退"向"可换"败退。那位"原则性挺强"的男士支撑不下去了，最后终于败下阵来。

更艰难的是第三回。这次买的磁带只有一盒，是在五一路一家音像商店买的，但回家后发现九元多钱买回的竟是一盒走腔走调的伪劣品，我又踏上"打假路"。岂料那男营业员是个以势压人的蛮汉，大嚷大叫，口口声声"一个愿打，一个愿挨"，分毫不让。但我也针锋相对。几天后的一个下午，这位几天前还硬邦邦的男营业员只好软乎乎地到学校来找我赔礼道歉了，并退给我十元钱。

三次"打假"，都打赢了。

（原载湖南《长沙晚报·同题斋——打假记》）

推读 31

汇款单上的乡情

6 月下旬，我接连在北京的《戏剧电影报》上发表了两篇文章。前不久，收到了来自该报社的汇款单。填写汇款单的那位朋友，不仅在"汇款人简短附言"栏填上了文章刊发的期数、版面，还在狭小的面积上留下了这样一段让人无法不感动的话：

"很高兴，看到您的大作，非常耐读，真的。也有些自豪，因为我也是长沙人。"

让我感动的并不是其中的褒扬之词，而是寥寥数语间流溢出的那种深深的乡情。一个远在京城工作的长沙人，因为对故乡有着一种难以割舍的眷恋之情，才会对在异乡所接触到的一切关于家乡的事物，感到无比的亲切。

我也曾离家北上京城，仅仅是游玩七天，却归乡心切，直至返乡的列车停在终点，才长吁一口气：回来了，总算是回来了！因此，要理解那位朋友的思乡之情实在不难——他离开家乡去北京工作，肯定不止七天，而是七十天、七百天……那么这种思乡之情也该成倍计算了。

一个人的一生，总有那样的离开家乡的时候，离乡的时间也会有长有短，但不管怎样，当你的身躯离开家乡的时候，别忘了把那份对家乡的眷恋之情留下，把"根"留下。一个去土怀乡的长沙人，一个在他乡工作却依然关注家乡、支持家乡事业发展的长沙人，才算得上是一个真正的长沙人，才会从内心发出这样的声音：我自豪，因为我也是长沙人。

（原载湖南《长沙晚报·生活漫笔》）

推读 32

作者的无奈

从走入大学校园开始成为"爬格族"，也算发表了一些作品。其中有过许多的欢喜，也有过无奈——常常为寻找不到一份发表有自己作品的样报或样刊而犯愁。

去年的一天，外出拜访一位好友，见面他就冲我"报喜"：嘿，你的那篇写大陆演唱组合的文章发表在某某报上了，很有见地呢！可我却一头雾水：咦，我怎么没有看到过这张报纸呢？记得另一家报社的一位编辑曾通知我，他因稿挤，将我的两篇稿件转给了这家报纸，但只见稿费不见样报。后来我再次给这家报纸投稿时白底黑字地写上"请寄样报"，结果仍不见样报。从此，我只好不敢再给这家报纸寄稿，尽管这家报纸稿酬不菲。

同样是这位好友又告诉我，我的另一篇文章发表在另一个城市的一家周末报纸上。这家报纸"不寄样报"的习惯我是心知肚明的，于是在被告知"喜讯"后风风火火地骑车赶往报摊，抢购了一份正在出售的该期报纸，心想：好幸运，若不是跑得快，这报纸又永远再见不到了！

样报样刊寄也罢，不寄也罢。一家报刊若是一贯坚持某种做法，倒还便于作者心里有底，可采取相应措施。可有的报刊却是"像雾像雨又像风"，一会儿寄，一会儿又不寄，弄得你不知如何是好。有这么一份杂志，前年的某期发表了我的一篇文章，稿费不算太多，却格外客气地寄来了两本样刊。过了几个月，我在这份杂志上又发了一篇文章，后收到稿费单，于是又等这份杂志再寄两本样刊来，谁知这回它"客气"得连一本都懒得寄了。

报刊也许有报刊的难处，可作为作者，是多么希望见到自己的文章被印在那刊物上——如果被采用了。收到样报是作者一个最起码的要求。如果这一点都实现不了，就像农民种下禾苗却见不到稻谷，还写文章干什么呢？

（原载湖南《长沙晚报·生活漫笔》）

话题 L

与收录机和媒体亲密接触的岁月

伴随着《歌唱祖国》的嘹亮歌声，中央人民广播电台的《新闻和报纸摘要》节目六点三十分准点开始了。记忆中，这个被称为"中央人民广播电台的《新闻联播》"的节目，在那个电台作为人们重要的信息获得渠道的年代，权威性特别强。

之所以说它是央广的新闻联播，一是同样是新闻台柱子，二是同样是每天准点播出，三是同样是各省市电台同步转播。

在听广播成为人们每天日常生活必不可少的内容的年代，听《新闻和报纸摘要》也就成为很多人每天的必修课程。我就是其中之一。

从我懂事的时候就有《新闻和报纸摘要》了，20 世纪八九十年代常常听。你看，节目开始的时间是六点三十分，就像公鸡打鸣啊，一听这个节目就要起床了。

特别是最初的时候，广播还是挂在家里一进门处墙上的有线小木喇叭，没有多个台选择，这个时候一拧开喇叭开关，播的就是这个节目。所以，真的印象很深刻。

后来有了收音机和收录机，能听的电台和节目就更多了。

这就不能不说到评书了。

每天听电台的评书，就好像现在每天追电视台的电视剧一样，我可以说是非常痴迷。

电台每天播放评书节目的时间，一般是中午十二点半到下午一点，这个时候正好是吃午饭的时候。

每当这个时候，边捧着饭碗吃饭边听评书，真的是件很享受的事情，吃饭都感觉特别香。有时候，甚至还特意等到评书开播的时间，才开始吃饭。

有时候，等到饭吃完了，半个小时的评书节目还没放完，我就会把收音机放到枕头旁，边听边开始睡午觉。

实在离不开评书啊！一天不听会发慌，总觉得少了点什么似的。有时候，听着听着就睡着了，等睡着睡着忽然醒了，枕边的收音机还在作响，而此时评书节目往往早已经结束了。

好听的评书实在是太多了，最好听的，像《杨家将》《岳飞传》等，那真是绘声绘色。讲评书的，就一个人，要在评书里扮演不同角色，用不同的声音讲不同角色的话，有时候还要来点口技，比如学勒马时马的叫声，实在是很见功底。

评书《杨家将》是广播评书的经典作品，该评书的常见版本为一百三十六回，另有一版本为一百零九回。

《杨家将》从杨七郎打擂开始，到穆桂英大破天门阵结束。中间有金沙滩、李陵碑、下边关、智断潘杨案、兵困黄土坡、大战韩昌、金殿验人头、白马告状、孟良盗发、穆柯寨、三请穆桂英、大破鬼魂镇等精彩故事。

著名评书《岳飞传》，汇聚英雄群像，弘扬传统文化，书中"枪挑小梁王""岳母刺字""八百破十万""王佐断臂""岳雷挂帅""气死兀术、笑死牛皋"等精彩篇章，脍炙人口，生动形象。

人们之所以喜爱《岳飞传》，是因为它用故事颂扬了一代抗金英雄岳飞精忠报国、壮志凌云的英雄气概，还有岳飞那篇千古绝唱《满江红》，其中令人肃然起敬的名句："三十功名尘与土，八千里路云和月。莫等闲，白了少年头，空悲切！"

听《杨家将》《岳飞传》，其实你听不太出说书人很纯粹的女声，这也许和评书的说书方法有关系吧。

还有《三国演义》，味道则有所不同，说书人的声音浑厚而不急不慢，可能是为了更符合三国时候的人物和事件特性吧。

讲评书的很多，还有讲《薛刚反唐》的、讲《施公案》的等，古代题材的评书占了绝大部分。不管谁说这评书，末了，大约都会来一句"欲知后事如何，且听下回分解"，让你欲罢不能。这就是悬念啊！

在评书时段，其实播放的也不完全是评书，有时候会播放小说，或者一种形式特别的类似评书的节目，这就是配音小说，也就是兼有评书和广播剧的特点的演播形式。

小说《夜幕下的哈尔滨》，说的是抗日战争的故事，有人说听王刚说这部小说，会听得浑身起鸡皮疙瘩，我深有同感，王刚确实把那种惊险的场面说得惟妙惟肖，甚至小说里的那些人物如王一民、玉旨一郎等，今天再提起来还是印象深刻。

还有配音长篇小说《叶秋红》也很好听，有点像广播剧，其实也就是只有声音没有画面的电视剧，讲的是一名女共产党员带领人民群众革命的故事。

这些评书，或者说"类评书"的广播文艺形式，现在已逐渐远离我们的生活，更准确地说，是远离我们的电台广播和青年人群了。你去问那些年轻人，评书是什么，估计很多人不知道。现在偶尔身边传来评书声，望过去，大多是老同志拿个手机，在小区里边散步边听。

再说听广播。后来，广播听着听着，就开始录音了。

我家的第一个录音机是单卡的，也就是一个磁带盒的录音机，为的是录中央电视台播放的一个音乐专辑。

那是一个纯粹的录音机，也就是今天的播放机，没有收音功能，银色，小巧。

怎么录音呢？等到电视台开始重播这个节目的时候，把小录音机的正面对准电视机，把录音按钮按下，开录。

录音用的是空白磁带，用得多的，我记得是蓝色的SONY磁带和红色的TDK磁带，都是日本货。空白磁带每面比音乐磁带可以录音的时间长一些，足足半小时，可以反复录制，录新的节目的同时就把磁带里面原来录的节目抹掉了。

特别要注意的是，每到磁带的一面快要录完时，为了保证一首完整的歌不被断开，就要提早在一面磁带快录完时，转换到另一面，从头开始录另外一首歌。

所以，整个录音过程是个细活，有点紧张，更有点乐趣。而此前，家里用的只是一个红灯牌收音机，更早些时候，是挂在家里进门墙上的那个黄色有线小喇叭。

单卡录音机之后，是一台黄色的单卡收录机，顾名思义，可以录音也可以收音，带天线。再后来，就是一台更大的"台电"牌双卡收录机，也就是有两个磁带仓的收录机，一个仓只能播而另一个仓可以录也可以播。直到后来的"山水"牌台式音响，以及今天家用小轿车上的汽车音响。

从收音到录音，其实代表了从被动听音乐向主动选择音乐听的一个重大转变。这对当时的年轻人和许多家庭来说，也是文化生活升级的一个重要标志。

这里有个重点，就是我使用单卡录音机，是从录制央视的音乐专辑开始的。

有市场需求才有商品提供。因此，有了大陆人对更多歌曲的了解需求，就有了央视播出专门的音乐专辑。有了对流行音乐反复自主收听的需求，也就有了录音机的出现。有了对音乐品质的需求升级，自然也就有了各式收录音响设备的不断升级换代。

而始作俑者，显而易见，就是香港歌手及其音乐在内地的传播。

港台流行音乐的输入，助推了大陆电台文化的勃升，创造了一个属于广播电台的巅峰时代。

很多广播电台的《听众点播》，是当时很受欢迎的一档主要播放当时最流行的港台歌曲的节目。

《听众点播》播放的是一首首听众来信点播的歌曲，有的是一封来信的点播歌曲，有的是几封听众来信综合起来的结果。毕竟，一期节目只有半个小时，能容纳的歌曲也非常有限，需要根据来信和电台磁带库的情况进行调整。

这就不仅是个节目时长的问题，还需要考虑听众点的歌你这个电台有没有，具体说就是你这个电台有没有涵盖相应歌曲的音乐磁带。有的歌曲观众在电视上听到了就去电台点播，其实电台也不一定有这首歌，因为有的还没有出音乐盒带，即便出了，也不是每个电台都有。

其实电台的音乐磁带库也和大家家里的一样，就是市场上的磁带组成的，没有什么区别。

还有请听众录音的节目，是把一盒磁带里的一面歌曲或几首歌曲汇集在一起，请听众录音。当然，录的一般是听众爱听的当时最流行的港台歌曲。

在广播电台和听广播还是人们重要的文化生活载体的 20 世纪八九十年代，很多人包括大中学生，都乐于成为一位客座 DJ，也就是兼职节目主持人。

试想，平常你只是一个普通的听众，坐在收音机前收听电台节目，而此时，看不见也摸不着的广播电台对于任何听众来说，其实都是有点神秘感的。而有朝一日，你也成了广播那头的主持人，为广大听众所熟知，这是一种什么样的感觉？

这当然是一种特别神奇的感觉。就好像今天有很多人喜欢作为嘉宾去参加电视台的节目一样。当然，节目主持人比节目嘉宾更带劲，因为在某一个节目时段，广播电台的正牌主持人会把整个节目交给你。

这个时候，你就是这档节目的主人，就是此时电台唯一的节目主持人，没什么专职和兼职之分，没什么正牌和客座之分。

所以，你必须全情投入，这会带来快意的感觉，更是一份莫大的信任与责任。

这其实应该算是视听媒体与受众的最初的互动吧。

十六岁的我还是个中学生，彼时是 1988 年。这个时候，我客座主持了湖南人民广播电台的《欢乐星期天》节目，在一期港台音乐专辑里为听众推介了《奔向未来日子》《凉呀凉》等港台歌曲。而这个时候，港台歌曲还不为大陆人熟知。

而当时，我还客座主持过长沙人民广播电台《听众点播》

和长沙市郊区电台《听众点播》《请您录音》等节目。这些音乐节目，都是主要播放当时最流行的港台歌曲的。

20世纪80年代末，电台的很多音乐节目都是有客座DJ的，只是参与度不同而已。省级电台，会在一整档为时两三个小时的综合文艺节目里，插入十五分钟到二十分钟不等的客座节目。市级电台会在半个小时的《听众点播》节目全程安排一两位客座主持人。而有影响力的区级电台，则会有更多的音乐节目安排客座主持人来主持。

而作为听众来讲，听惯了专业主持人的节目，偶尔听听别的业余主持人的节目，也别有风味。或许，这个人就是你熟悉的校友、同事也未可知。

众所周知，电台是个完全凭借声音与听众沟通的媒体，很多电台主持人的普通话水平都比电视台主持人的高。所以，虽然是客座主持人，普通话水平也非常重要。

所以，你看，其实电台客座主持人们的水平也都是不低的。电台对客座节目主持人一般有个试音的过程，就是让你先试录一段节目，看看具体录制出来的节目效果怎样，选择录制效果最好的作为客座主持人。

客座主持人，一般是安排男女主持人各一位，也有一个人主持的。如果是搭档，有时候是自由组合，也就是男女客座主持人是一起来电台应征的，也有电台安排的组合。

作为流行音乐节目主持人，其实很多人都对流行音乐非常爱好，并且有自己的独特见解。这也就好比爱一行干一行吧，节目需要你有兴趣，有兴趣才容易积累专业的知识能力。

那时候的节目基本上都是录播，不像现在基本上是电台直播。录播就是把节目录在电台的大盘磁带上，到节目播出时再播放。

这个时候，要把编好的节目讲稿先在稿纸上写好，同时把节目中安排的歌曲准备好，也就是把相应的磁带倒带到要播放的歌曲位置。

所以，客座节目主持人录制前先要负责编稿。而编稿前，要先看一大堆听众来信，根据听众点播歌曲的情况来编节目、选歌曲。

听众来信？不要不相信，在那个年代，听众的热情真的是非常高，电台几乎每天都会收到很多热心听众的来信。拆信看信都不是件容易的事啊，所以，电台也乐于让客座主持人来干这个活，客座主持人也不会觉得辛苦。这也许就是双赢吧。

那时候，湖南人民广播电台在长沙黄土岭，有一栋专门的大楼，基本上是按节目分的办公室。长沙人民广播电台设在长沙五一路市委大楼中的一层，长沙市有影响的郊区广播电台设在郊区政府院内。

后来有了湖南经济广播电台，在湖南人民广播电台院内一侧，也有一栋专门的楼，经济电台较之人民电台，节目会有更多经济社会的内容，也会更加时尚。

除了后来的湖南经济广播电台，我有幸在其他三家电台都客座主持过音乐节目，而在湖南经济广播电台，我则主要是撰写各期节目的稿件。

至于稿费，湖南人民广播电台和湖南经济广播电台给我开过稿费，市级和区级电台就没有稿费了，可以理解。

湖南电视台的稿费标准最高，我的一篇电视剧评论在湖南电视台播出了，稿费标准应该是千字五十元，而电台基本上是千字十五元就不错了。

但是在那个时候，对于作为学生的我来说，这已是一笔不菲的收入了。

在整个客座主持的过程中，流行音乐磁带成了我文化生活的一个重要内容载体，所以，购买音乐磁带也成了我业余的一项重要"工作"。此中，有欢喜，也有忧愁，刊发于报纸的几篇文章便是最好的写照。

推读 33

两箱小人书

在我家的床下，有两只旧式箱子，箱子上早已蒙上了厚厚的一层灰——毕竟已有十来年的光景没有再去开启它们了。箱子里藏的是什么宝贝？

是两箱小人书。

那两箱小人书，是我在孩提时代积攒下来的。那时候，读小人书是我最大的兴趣爱好。现在的小人书大多是卡通人物、童话故事，而我的小人书却包罗万象：有古代故事，有现代侦探故事，有雷锋的故事、张志新的故事，有样板戏，还有许多电影故事——那是将当时播放的一些电影的重要镜头拍成照片当作"画"，印制成的"电影剪辑"，没看过这部电影的人可以从书中尽览电影风采！是小人书，给儿时的我增长了多层面的知识，甚至包括一些社会问题、一些我难以理解透彻的人与事，它丰富的内容与多样的形式，是当时吸引我的原因。

那时，跟父亲上街的一件重要任务就是逛书店、买小人书，父亲对于买小人书算是比较大方的。那时的小人书不像现在，是几本一套的，而经常是零散出售，不可能一次在某个书店买齐，得假以时日到处寻觅，以凑齐一套，颇有点集邮的味道。我的两套《杨家将》就是这样凑齐的。

记忆中有一次，六一儿童节新华书店卖打折的一捆捆的小人书，我欣喜若狂地挤进人堆买了一捆，付了钱后兴奋地拿着"战利品"就走，却忘记了让售货员盖章，结果被门卫逮个正着，同售货员解释了大半天才还了我的"清白"。

岁月流逝，二十多岁的人早已不看小人书了，但那两箱小人书给我留下了孩提时最美好的记忆。儿时常常与我一道翻看小人书的父亲，最近突然提起这两箱小人书来，他说："卖了怪可惜的，等我退休了再来重温旧梦吧！"

（原载湖南《长沙晚报·逝水流年》）

推读 34

老爸看《三国》

老爸看电视连续剧《三国演义》，忒来神，可偏偏天公不作美，闹得他一部《三国》还没看完便生出许多遗憾和愤怒来。

我家装的是有线电视，这玩意儿不听使唤的时候还真让人揪心。诸葛亮舌战群儒的那天晚上，偏偏电视机一脸"麻子"——没信号！这天黄昏，老爸下班回家后说身体不舒服，钻进被窝睡了会儿又钻出来，饭也没顾得上吃，《三国》中这精彩的一幕他必看不可，但偏偏没信号。没办法，只好从柜子里把那个平时在里面睡懒觉的"电视高效放大器"弄出来，装电池、拉电线、调频道，忙了个不亦乐乎，总算把那个诸葛亮"请"了出来。老爸这才舒了口气，端来一碗面边吃边品《三国》，第二天大病即愈。

　　无线电视虽没有线电视清楚，可老爸毕竟还是看到了《三国》。然而不顺心的事还在后头，由于播放《三国》第二部时我们这里经常停电，老爸又错过了不少精彩。他双手一摊，呈无可奈何状："没办法啦，等于没这回事！"可我知道，他心里怎么能放得下刘备、孔明？有一回没停电，电视报上也预告当晚有《三国》，晚饭后老爸捧一杯茶往电视机前一坐，等着一饱眼福，等了半晌却不见金戈铁马，倒有礼仪小姐举着牌子在豪迈的乐曲声中引导运动员走了过来。这时，荧屏下方打出一排字，说是因冬运会开幕之故，《三国》推迟到晚上十点三十分开播，把个老爸气得直嚷："有电等于没电！"细一问，才知他第二天上班要去得早，不敢晚睡。

　　停电的时候，老爸错过了"单刀赴会"一集，念叨个没完，说那是一出好戏，关公唱主角。又一次，电视报上明明写着播"曹操之死"，结果荧屏上却冒出其后一集"曹丕篡汉"。怎么回事？把电视报找来，却发现这天预报的是第六十集，第二天预报的却是第六十二集，显然漏报了一集。又找来《长沙晚报》核对，才知道那第六十集"曹操之死"已播过了。为了这集奸雄之死，老爸念叨了好几天。

　　一部《三国》越看越支离破碎，我们只好劝老爸："等中央三台重播时再看吧！"嘿，幸亏还有重播！

（原载湖南《长沙晚报·万家灯火》）

推读 35

"戏曲影碟收藏家"

　　父亲是个戏曲迷，尤其爱看湘剧。前些年，家里没有录像机，电视台也不怎么播放戏曲节目，他的爱好需求就一直没有得到充分满足。这几年，家里买了影碟机，市场上戏曲影碟片源十分丰富，价格也降下来许多。父亲退了休，也没有其他爱好，到街上逛时，他就总喜欢寻找自己中意的戏曲影碟，回家忙不迭地开封欣赏。

　　戏曲影碟买了不少，父亲最爱看的湘剧影碟却寥寥无几。省内的一家音像出版社曾出了一批湘剧影碟，其中有父亲最爱看的《打猎回书》，令他乐不可支。只可惜，到现在为止，市面上再无其他湘剧影碟，虽然那家出版社征集戏迷意见后说将出版新的一批，但至今未见动静。于是父亲退而求其次，就买黄梅戏、花鼓戏之类的其他剧种，《女驸马》啦，《蔡鸣凤辞店》啦，可谓琳琅满目。黄梅戏还好，花鼓戏唱腔显得过于热闹，"有点烦"。每当父亲播放那些花鼓戏影碟，老爱把电视机音量调得很高，母亲常常要"义正词严"地表示抗议。

父亲买影碟，还是逐渐积累了经验的。前些年，父亲买了一盒越剧《胭脂》的影碟，回家仔细一看，装影碟的盒子显得十分陈旧，有非常明显的划痕，播放效果也很不好，放着放着还出现了"马赛克"。父亲牢记这次教训，而且他还亲眼发现了此类现象的"秘密"，即销售商给已经使用过的影碟套上塑料薄膜，再用电吹风将封口吹紧。看来，父亲再也不会上类似的当了。

当收藏的影碟越来越多，父亲便买回来三个塑料的影碟收纳盒，把影碟分门别类地摆放其中，盒上注明：花鼓戏，湘剧，黄梅戏……俨然一个家庭戏曲影院片房。

最近，父亲颇有感慨地说，今后买影碟要"加强审核"，毕竟有限的退休金不能那么随意花销。可我想，他会继续当个敬业的"戏曲影碟收藏家"的。

（原载湖南《三湘都市报·收藏世界》）

书报文化与家庭文艺故事

学生时代是最美好的，也与文化息息相关。

伴随着以武侠剧为主的香港电视剧和以琼瑶剧为主的台湾电视剧在内地受到欢迎，武侠小说和言情小说热也在内地兴起了，特别是在学生们中广受欢迎。

在中学，有很多男生会带武侠小说到教室里，用课余的时间看，也有控制不住的，会上课的时候看。当然，碰上严厉的老师，书包里的武侠小说会被没收。

报纸也会连载武侠小说，清楚记得《长沙晚报》就连载过《七剑下天山》。

"已惯江湖作浪游，且将恩怨说从头，如潮爱恨总难休。瀚海云烟迷望眼，天山剑气荡寒秋，峨眉绝塞有人愁。"《七剑下天山》是武侠小说经典之一，1956年2月15日至1957年3月31日连载于《大公报》"小说林"专栏，后被香港导演搬上银幕。

《七剑下天山》接续《塞外奇侠传》，讲述了"天山七剑"的故事。"天山七剑"是《白发魔女传》中练霓裳、卓一航、岳鸣珂三位武学宗师的七位弟子传人——凌未风、飞红巾、桂仲明、冒浣莲、易兰珠、张华昭、武琼瑶。小说以清朝康熙年间平定三藩为历史背景，以天山弟子凌未风等人行侠江湖为线索，反映了众多江湖人士反抗清朝统治的雄心壮志。书中常穿插古诗词，使意境显得更加深邃幽美，语言华美。在情节安排上，还借鉴了外国当代电影手法。

报纸的连载，一般在每天的第三版最下方辟出一块版面来连载小说，一般是左边一块是一个小说，右边一块又是另一个小说。以报纸的篇幅，当然不可能把一部长篇武侠小说原原本本连载完，而是会有所缩减。可是尽管是缩减版的，报纸要把一篇小说连载完，那也是需要很长一段时间的。

不管是属于男生的武侠小说，还是属于女生的言情小说，其实学生们大都不是去书店买的，而是借的，因为买不起。有的是从图书馆借的，有的则是你借我的我借你的，交换着看。

所以，你去看那些在学生中传看的小说，很多都已经被翻得发黄卷边。

学生们所看的武侠小说，不仅有金庸、梁羽生的，也有古龙以及其他写手的作品。

而言情小说，也不仅是琼瑶的，也有香港作家亦舒的作品及梁凤仪的现代女性故事，三毛的作品在当时也有很多人看。

武侠小说和言情小说成为一个时代的印记，不仅是公办的大图书馆，你去看很多单位的图书室，武侠小说和言情小说，在书架上大都是占据了中心位置的，而且数量不少、品种丰富，有的借阅量大的武侠小说和言情小说还会有几套，以便几个读者同时借阅同一本书。有的人甚至会把一本小说看几遍。

当年，无锡的一家工厂对全厂武侠小说借阅情况进行了统计。统计数据表明，仅仅四个月内，该厂职工图书室借阅武侠小说人次就超过全厂职工人数的百分之十四。厂图书室从书店买了五十九套武侠小说，其中《射雕英雄传》买了十套还不够，预约的读者多达三十多人。而借阅这些书的主要是青年职工，也有中老年职工和干部。

当然，有的职工借回去是给家里的小孩看的，也就是学生们。

为什么会兴起武侠小说热和言情小说热呢？

很多人对此有深刻分析，各有见解。但是我觉得，最简单的原因，一是这些小说雅俗共赏，从情节到语言都能吸引人，也就是可读性强。

二是武侠与言情，其实有一个共性，就是超脱于现实生活，让人们有了精神寄托。

三是武侠及言情影视剧催生了相同系列小说的读书热。譬如，有的读者看了影视剧，想早点看看结局，或者看看小说和剧集内容有什么不一样，或者纯粹就是想看看原著。

1998 年至 1999 年，《还珠格格》《还珠格格第二部》相继播出，第一部全国平均收视率超 47%，最高 62.8%，第二部全国平均收视率突破 54%，最高 65.95%，收视率创造中国电视剧有数据统计后的收视纪录。该剧第一部是根据同名小说改编而成，小说共三册，依次名为《阴错阳差》《水深火热》《真相大白》。

20 世纪 80 年代和 90 年代，真的是武侠小说的狂热时代，不仅有金庸，还有"全庸"；不仅有古龙，还有"吉龙"，真的假的一起上。对于有的读者而言，有得看就行，好看就行。一时间，不管老少，不管男女，都在追捧武侠小说。而看言情小说的，当然也不仅仅是花季少女。

前一阵子，在一间乡村小屋的门口，看到一位老人正在津津有味地翻看一本断裂得不成形的泛黄的书，走近一看，他正在看武侠小说。这说明，武侠小说在今天仍然受欢迎。

而当年的汪国真诗歌热、席慕蓉散文热，也都曾在年轻学生们中引起不小的波澜。

"我不去想是否能够成功，既然选择了远方，便只顾风雨兼程……"这首《热爱生命》是汪国真的代表之作，以四个肯定的回答表达出为何要热爱生命的哲理。四个段落看似相似，却各有旨趣，分别以"成功""爱情""奋斗历程"和"未来"
为主旨进行分析和回答。

1984 年，汪国真发表第一首比较有影响的诗《我微笑着
走向生活》。1985 年起将业余时间集中于诗歌创作，一首打
油诗《学校一天》刊登在《中国青年报》上。1990 年开始，
汪国真担任《辽宁青年》《中国青年》《女友》的专栏撰稿人，
掀起一股"汪国真热"。

汪国真早期以风靡中国校园的手抄诗而闻名，1990 年出
版第一本诗集《年轻的潮》，引起轰动。他的诗集发行量创新
诗史上诗集发行量之最。他的诗集和小语集，连续获得过三届
全国图书金钥匙奖。

汪国真的诗歌，在主题上积极向上、昂扬超脱。作品的一
个特征是经常提出问题，而这些问题是每一个人生活中常常会
遇到的，其着眼点是生活实践，略加深化，拿出一些人所共知
的哲理。

而另一个"爱提问"的是席慕蓉。在席慕蓉的作品中，问
句的使用是一大特色，问句常在文中或文末出现。事实上，她
想要表达出的可能是一种模糊、不确定的心态，她不仅在自问，
同时也在向读者发问。尤其是在使用问句时，通常不会只使用
一次，常常是一而再、再而三地发问，营造出一股沉重的气氛，
将全文笼罩。

席慕蓉的写作笔法还在于擅长运用反复的手法，使她的

文章呈现舒缓的音乐风格而充满了田园式的牧歌情调。在句法上，除了看重整体的效果外，也追求辞藻的华美。她的文章都以人物为中心，在浅白的诉说里，很容易看出她的真诚，具有冲淡型散文的特点。

席慕蓉散文作品中最大的特色有两方面：一为对花卉的描述，二为对颜色的描述。在对"花"的描述上，各式各样的花都能入文，其中又以荷花与她的关系最为密切。因为席慕蓉本身兼有画家的身份，在颜色的描述上，自然比其他作家贴切，形成她的一种特色。

有梦就好。无论昨天今天，无论武侠言情，无论男女老少，那些小说热诗歌热散文热，极大丰富了人们的精神生活，寄托了大家内心世界超越于现实的梦想，源远流长。

报摊，是 20 世纪八九十年代丰富我们文化生活的重要场景，特别对于学生们来说，这里是买报纸杂志和写真集的地方，能获得最新的资讯和精神食粮。

当时我买得多的两本杂志是《故事会》和《读者文摘》，这两本杂志当时销量都很大。

《读者文摘》这个杂志名很多人应该还记得，它就是现在的《读者》杂志的前身。1993 年第 7 期开始，《读者文摘》突然更名为《读者》，原因是《读者文摘》这一杂志名与美国先期创刊的杂志重名。这个情况很多九〇后也许就不知道了。

《故事会》是由上海世纪出版集团主管，上海故事会文化传媒有限公司主办的中文版刊物，1984 年由双月刊改为月刊，2004 年 1 月改为半月刊。

《故事会》以发表反映中国当代社会生活的故事为主，同时兼收并蓄各类民间故事和经典的外国故事，在坚持故事文学特点的基础上，塑造丰满的人物形象，提高艺术美感，努力追求通俗性与文学性的结合，力求每一篇故事都好读、易讲、能传。《故事会》特色栏目有：法律知识故事、开卷故事、外国文学故事鉴赏、网文热读、幽默世界、新传说。

《故事会》编辑部决定把"说书俑"的形象作为本刊物的刊徽。一方面，为传承中国绵延不绝的民间文化血脉；另一方面，又象征着在新的文化历程中为故事文学树碑立传。

四十多年来，《故事会》给人讲述故事、愉悦大众生活，《读者》让人增长文化、陶冶情操，销量一直领先，也是可喜可贺。

当时，这两本杂志都是月刊，类似的故事杂志还有《故事林》《故事家》等；文摘杂志还有《青年文摘》《东南西北》，但似乎没有《故事会》和《读者文摘》好看、好卖。

还有一本我喜欢的杂志，是本大型期刊，叫作《今古传奇》，是专门刊载长篇传奇小说的。20 世纪 80 年代刊载的《玉娇龙》及其续篇《春雪瓶》确属精品，其实很多人不知道，后来拍摄的电影《卧虎藏龙》就是根据《玉娇龙》改编的。

当时，影响力大、销售量大的杂志还有《女友》《知音》等。

这些都是月刊，其实我买得最频繁的是《湖南广播电视报》《长沙广播电视报》，都是周报。每到出报的那天，我就会迫不及待地去报摊看报纸来没来。

《湖南广播电视报》每期都会预告下周各个电视频道每天的节目，每次主要看的就是电视预告，看看下周有什么新的电视剧或其他电视节目，还有就是剧情介绍。在电视剧特别是港台电视剧火热的时候，《湖南广播电视报》成了全家必读的报纸。

再后来，电视节目没那么吸引人了，所以主要只是看看节目预告，剧情介绍就不怎么看了，《湖南广播电视报》也逐渐减少了剧情介绍的篇幅，让位给更加有看头的各种社会新闻。除此之外，还会刊登时事评论和生活随笔之类，版面更加丰富。

《故事会》和《读者》，在报摊上买很方便，而且也免得邮递丢失，所以尽管可以通过邮政订阅，很多人还是会选择在报摊上买。

而《湖南广播电视报》则主要是自办发行，通过信报箱投递到户。我在报摊上买，主要也是为了快。

文摘类报纸，也是报摊上除日报、晚报、都市报之外，摆出来卖得最多的报纸。各报摊比较常见的有《文摘周报》《报刊文摘》《文摘报》《中国剪报》《法制文萃报》《文萃报》，适合老年读者了解国内外信息。现在去图书馆看到这些文摘类报纸，有的干脆采用大号字体印刷，这很适合眼睛老花的老年读者。

《文摘周报》创办于 1980 年，由四川日报报业集团主管主办，是川报集团发行的具有全国影响力的综合性报纸，入选国家新闻出版署农家书屋重点出版物推荐目录、四川唯一"中国邮政发行畅销报刊"。自 1980 年 10 月创刊以来，走出四川盆地，遍及大江南北、长城内外，是四川省内发行量最大的报纸。《文摘周报》每周二期，四开十六版，由全国各邮局发行。

八十年代中期，《文摘周报》发行量创下期发二百五十六万份的纪录，与上海《报刊文摘》平分秋色。为提高时效、争取读者，《文摘周报》从 1990 年开始先后设立了东北（沈阳）、中南（武汉）分印点；1994 年，将四开四版扩大为四开八版，使报纸信息总量翻番，受到读者欢迎。1996 年以来，文摘周报组建广告发行部，加强与报刊发行局的联系，加大宣传力度，陆续又开设了多个分印点。

《报刊文摘》坚持"关注现实、关注民生、关注社会"的办报理念，聚焦时代变革下的政经热点，直面社会变迁中的百姓生活，挖掘历史背后的人物逸事。《报刊文摘》摘编的稿件不仅立场鲜明，观点导向性突出，敢于讨论改革曾经和现在所遇到的难点问题和重点问题，每期还摘编精美哲理短文以及有正面价值的社会新闻，摘编内容做到了信息量大、可读性强、重复率低、传阅率高，满足了高层次读者多样且有重点的阅读需求。

《中国剪报》于1985年创办，是一份知识面广、信息量大、实用性强、人情味浓的综合性报纸，面向海内外公开发行。

当时，在报摊上，摊主总爱把几根长木条压在报纸上，以免报纸被风吹走。而今，过去街头常见的报摊已是罕见了。在长沙，现在还能见到的已是升级换代的进行规范化管理的绿色报刊亭，为数不多的几个主要分布在大医院门口、重点中学门口、老社区交叉路口等地。

至于功能，今天的报刊亭已经是多种经营，除了卖报纸杂志，大多还会有冰柜卖纯净水和冷饮之类。城市也因报刊亭而更加多姿多彩。

伴随着改革开放的脚步，每个中国家庭都有着自己日益丰富的文化生活，这是中国文艺百花齐放，走向开放与进步的必然结果，在纯朴岁月里增进了无数家庭的亲情。

在那些撰写和发表文艺评论的日子里，我确乎还只是个学生，或刚刚参加工作不久的青年，年轻是我的记号。

而在这些岁月里，我的成长与关于视听的成熟认知，也得益于家庭的温暖和关爱。

最近整理过去刊发过的稿件，才发现竟然还有几篇关于家庭关于父亲的稿件，比较意外。从这几篇稿件里，我追寻着那些早已淡忘的记忆，也感谢这些曾经的文字，让那些充满亲情温暖的日子，变得永恒。

父亲是我成长道路上的有力后盾。我的大学学费在20世纪 90 年代，是一笔很大的开支，都是父亲节省着才拿出来的。为了我的就业，没什么职权也没什么关系的父亲，也是东奔西走地想办法。

在那些与文艺生活有关的日子里，父亲给了我最大的关心和资助。

首先是集邮。小时候父亲经常带我去邮局买邮票集邮，谁都知道，集邮是一笔不小的开支，而我们家其实也并不富裕。可是父亲还是给了我很多钱去买纪念邮票和特种邮票。

我还记得第一套生肖邮票的集邮过程。在父亲的帮助下，我每年开年都去买，最后全套十二张邮票只有最开始的猴票，也就是最贵的那张没有集齐，毕竟还是觉得太贵舍不得买。即便这样，那几年的鸡票、鼠票也价格不菲，所以，都是依靠父亲给予资助，才成就了两三本满满的集邮册，留存至今，也给我的童年带来了无穷的快乐，在方寸之间增长了许多知识。

猴票，是一枚以生肖猴为主题的珍贵邮票，发行于 1980 年，邮票面值为 8 分，共计发行量为 1200 万枚，实际发行的成品邮票数量只有约 500 万枚。该邮票使用了雕刻版的设计方式，图案背景为一只栩栩如生的坐姿猴子，红色背景使其被称为"金猴邮票"。由于发行量相对较小，存世量较少，增加了猴票的珍稀度和价值。

猴票自发行以来，不断增值，远高于同一轮的其他生肖邮票。2010 年左右，单张猴票的售价甚至达到了 1.2 万元左右。

如今，全新未使用的猴票市场价格大约为 6000 元，而一枚全戳好品的猴票价格大约为 5500 元。

还有买磁带。20 世纪 80 年代，音乐磁带价格不低，有的不怎么正规的磁带也要十来块钱一盒，港台明星们的正版磁带有的价格会更高。这对于当时作为中学生的我来说，是一笔不小的开支，而买磁带的钱，主要也来自父亲的资助。尽管我也有一些稿费，可那的确是杯水车薪。

后来，为了买磁带，我把一些邮票卖给了同学，父亲发现后有点心疼，我记得他跟我说，要用钱就跟他说，言下之意就是不要用好不容易集齐的邮票去换钱。

所以，我买磁带也会非常在意磁带的品质，因为那是用父亲节省下来的钱买的啊！毕竟，买了假磁带，就意味着没有用钱买到需要的东西，也就是浪费。

再有买连环画。《两箱小人书》一文就是说的这个兴趣爱好。和集邮一样，看小人书也是父亲和我共同的爱好。小人书虽然一开始也有一两角钱一本的，可是买多了在当时也是一笔不小的开支。

记得每买一本连环画，父亲就要在扉页上写上我的名字，以及购买的时间。后来父亲还给我在刻章店刻了个印章，于是在扉页上就可以盖章留念了。

父亲是个与文艺生活息息相关的人。

父亲喜爱湘剧、花鼓戏等湖南本地戏曲和越剧、黄梅戏等其他剧种，我在《戏曲影碟收藏家》一文中进行了讲述，更曾在报端为像父亲这样的老人能多看戏曲节目而疾呼。

有时候，我们全家人也会陪父亲看看戏曲节目。印象最深刻的是，包括父母在内的全家追过一部祁剧电视连续剧《孟丽君》，是一部女扮男装当丞相的剧，剧情起伏，扣人心弦。

父亲还爱看古装电视剧，《老爸看"三国"》一文写得比较生动，从中我仿佛又看到了那个有血有肉的父亲，那些过往的点滴和父亲的模样又浮上心头。

父亲爱看湖南本地的《文萃报》，后来又爱看《文摘周报》《中国剪报》《文摘报》，特别是文史版面。

父亲还爱看古书，买了两个书柜，摆满了各种古书，有文言文的，也有白话的古代故事书等。

父亲和我都是《湖南广播电视报》和《长沙广播电视报》的热心读者，每到出报的时候就会去报摊买，有时候我们也难免买重。

每到学校放暑假寒假，待在家里不爱出门的我却是充实的，因为父亲总是会从单位图书室里借一些评书书籍、武侠小说、《今古传奇》杂志等回来给我看，评书《薛刚反唐》《童林传》是我最爱看的，这和我爱听评书有关。

家里的简单的照相机，则曾经记录全家的幸福生活。最早是一台不知名的小相机，只能拍邮票大小的小黑白照片，它记录了我小学时候，全家住在现在长沙贺龙体育馆所在位置的单位宿舍的时光，可惜照片太小，也很模糊。

后来，有了一台柯达傻瓜相机，所谓"傻瓜"，就是不用调焦等复杂操作，不会拍得很专业，但也不会造成大的失误。

再后来，就是世纪之交时的一台奥林巴斯彩色数码相机了，不用胶卷但是存储卡很贵，也记录下了家庭的很多美好片段，至今存在电脑里面。

所以，应该感谢那些过往的文艺生活，留下了全家最美好的生活记录。如果没有文艺生活，那么很多记忆都会是一片空白，无从找寻。

后记

"青春啊青春，美丽的时光，比那彩霞还要鲜艳，比那玫瑰更加芬芳。"

每当听到这首熟悉的《青春啊，青春》，对青春岁月的追忆就涌上心头。

朝气蓬勃的青春，它一手带着无悔，一手携着遗憾。那些曾经美好、至今感怀的岁月，都因为我们曾经的青春年少而熠熠生辉。

"若问青春在什么地方"，它就在丰富多彩的文艺生活里，在充满情愫的视听记忆里。

每个人的青春都有着许多的依稀记忆，各有自己的成长印记与兴趣爱好，只不过于我和很多人而言，对文艺生活的感怀会更深刻一些。感谢1990年代，她用至今很多人难以忘怀的无法复制的文艺生活，丰富了我们的青春岁月和青春记忆。

而文艺生活、视听记忆也因时代原因，早已融入千家万户，早已融入许多七〇后八〇后的青春岁月。这是属于我们共同的青春元素，是最容易引发我们共鸣的时代之音，也是值得共同追忆的良辰美景。

不管是流行音乐、影视文化、广播传声，还是武侠小说、连环画和报纸杂志，这些文艺生活的形式都深深在我们的青春岁月里留下烙印。

不仅我们自己，就连家人之间，也因这些丰富的文艺生活而变得更加情深义重。

如果追溯三四十年前甚至更远的视听记忆，仅仅一个年代，仅仅一个方面的内容，就足以用浩瀚的文字来叙述和重现。但是，我们要追寻的，我想，并不是那种全面深度的记忆，而是繁星点点给我们带来的慰藉与思索。

所以，那些属于青春的记忆，其实就是一种美好的感觉，无须用太多的文字来重现。每个人的经历不同，具体记忆也不同。但是，心有灵犀一点通，哪怕一点点的触及，也会勾起自己难忘的青春记忆。

虽然，如今的网络已经非常发达，只要简单搜索一下就能查阅到大量的"史实资料"，但我想，这并不是包括我在内的读者们需要的。

我们需要的，是关于青春追忆的美好感觉，它不需要太多的文字来承载，只需要像蜻蜓点水一样，就能泛起心灵的阵阵涟漪。

　　所以，我想用随笔的形式，娓娓道来，相信读者们都可以从中找到自己关于青春的记忆。

　　推读的过往报刊媒体刊载的视听报道和评论、随笔，用新的眼光审视和解读，能带着你重温"旧时光"、感怀"新时代"。

　　青春是美好的，美好的是青春。唯愿所有的人都有一份关于青春的充满温暖的记忆，并将这份珍贵记忆恒久留存，化作再续美好人生的力量源泉。